par Richard Verstegan.

Traduit du Latin en François.

EN ANVERS,
Chez Adrien Hubert.
1588.
Auec Priuilege.

Hæ Sanctorum Martyrum nostri temporis iuxta antiquas sanctiones, annotationes ac registrationes, gestorumq́ ac passionum ipsorum descriptiones, quas etiam ipsæ imagines ac figuræ perpulchrè ac clarè demonstrant, vtiliter omnibus, piis ad confortationem, malis autem ad conuersionem, proponentur. Quare prælo committi posse iudico. Datum Antuerpiæ 14. Calend. Septemb. Anno 1587.

Siluester Pardo, S. Theologiæ Licentiatus, Cathedr. Ecclesiæ Antuerp. Canonicus, librorumq́; Censor.

Quorum respectu concessum est per Regis Concilium, ius, & priuilegium sex annorum, vt hæc dicta excudi & euulgari poßint, quemadmodum litteris Originalibus latiùs patet, datis Bruxellæ nono die Septemb. 1587.

& signatis

Lombarts.

AVX PRINCES ET PEVPLES CATHOLICQVES R. V. DESIRE SALVT ET PAIX EN NOSTRE SEIGNEVR; MAIS AVX *persecuteurs de la foy, cognoissance de la verité, & entiere obeissance à l'Eglise.*

C'A ESTE de toute ancienneté vne chose louable & sainctement obseruee entre noz peres, & qui de beaucoup a seruy à l'aduancement de la gloire de Dieu, proufit & vtilité de ses fideles seruiteurs, d'auoir diligemment redigé par escript les belles confessions, les combats, & le temps des victoires obtenues par les martirs; à fin que leurs successeurs fussent émeuz, non seulement à leur porter honneur & reuerence, ains de les suiure & imiter. Or cette louable coustume nous a esté laissee des le temps de l'Eglise primitiue, lors que les Empereurs Romains, payens & cruels persecutoient à outrance & faisoient mourir vne infinité de Chrétiens; selon qu'il appert par les registres qui nous en ont esté laissez, & depuis aux persecutions suiuãtes exercees par les Goths en l'Europe, & par les Vandales en Africque, incitez à ce faire par l'impieté des Arriens, qui les emeurent à la guerre contre les Catholicques, & à vne cruauté plus extreme que celle des payens. Laquelle cruauté auec la constance des martirs a esté soigneusement remarquee par aucuns escriuains, & signãment par le Reuerend Euesque Victor Vticense. Et ainsi consequammẽt il n'y a pas été faute d'escriuains, lors que les ministres heretiques reprennoyent nouuelles forces & cruautez, lesquels n'ont souffert que les ennemis persecutans la foy & vraye Religion, eussent surmonté par leur cruaulté la diligence des escriuains.

Mais laissons les persecutions anciennes, puis que nous sommes enuironnez de noz propres malheurs. Helas en quel temps & triste saison sommes nous venuz! Faux prophetes remplis de l'esprit d'erreur sont entrez en la bergerie de nostre Seigneur, lesquels ont trompé & deceu vne infinité de poures creatures. Ils sont venuz en habits de brebis,& par dedans ce sont loups rauissants. ils ont faict vn dõmage irreparable, qui ne se peut exprimer par parolles. Car quelle calamité & affliction ne nous ont ils point amené? Ie dis à nous autres, Chrétiens & Catholicques,qui faisons profession d'vne mêmeEglise,d'vne même foy& vnion Chrétienne, comme anciennement noz predecesseurs, lesquels pour la même cause les Empereurs Romains, les Ethnicques, Ariens, Goths, & Vandales,& autres ennemis ont tant & si cruellemẽt persecuté. En quoy nôtre condition est d'autant plus miserable, que nous souffrons persecution par ceux qui portent vn même nom de Chrétien auec nous, & ont été lauez du même baptême, mais en delaissant la foy & religion qu'ils auoient apprins de noz predecesseurs, pour entrer en cette pernicieuse herefie, ont été priuez de la vraye lumiere & raison, pour ne veoir point leur propre faute au milieu de la grande clairté. Tellement que la foy, qui passé tant de temps, & comme de main en main est procedee de noz ancêtres, qui si heureusement l'ont gardee iusques au dernier souspir de leur vie, noz nouueaux saincts se vantent de la vouloir reformer, & qui pis est, voire plus absurd, ils sont tant impudents de la vouloir conuaincre d'erreur & d'ignorance, elle qui a prins son fondement de nostre Seigneur Iesus Christ, & sa confirmation du Sainct Esprit, ores que par tout elle nous soit tant & tant recommandee des Apostres & de leurs successeurs comme reigle infaillible aux Chrétiens du vouloir de Dieu. Et maintenant qu'il faut qu'elle soit reformee par ceux qui étans rempliz d'vne infinité d'oultrages & sales pechez,l'ont iniquement quitté & delaissé(comme *Caluin* & *Beze*,hommes abondants en iniquitez & vices abominables, lesquelles ont fait imprimer au doz de l'vn par feu la fleur de lis,& à la vie de l'autre la note d'infamie) pour faire vne tãt triste diuision soubs le nom de pieté & reformatiõ. Ils ne nous ont point recõmandé cette reformation qu'ils pretendent par quelque sainctété de vie, par prieres à Dieu, par ieusnes, châteté ou obeissance: mais par mesdisances, yurognerie, luxure & rebellion, dont ils se sont souillez. Ils n'ont eu aucuns témoignaiges de pieté, ils n'ont dedié nuls temples à l'honneur de Dieu; ains ont destruicts & demoliz les autels, les monasteres, & tous autres edifices de religion. Ils ne nous ont faict nuls miracles, ny resuscité aucuns morts;mais ils ont seellé leur reformation & l'ont signee auec le sang & la mort d'vne infinité de seruiteurs de Dieu, prêtres & religieux. Ce que ne trouueront estrange ceux qui cognoissent cette race d'hommes,veu qu'ils ont été nourris cõme gens desesperez de leur ieunesse,en

toutes

toutes mechancetez, prodigalitez & paillardises infames, tellement que bien à propos leur conuient ce qu'on disoit iadis de l'assemblee des coniurez: Qui est l'ennemy de pieté ou l'apostat, ou l'empoisonneur, l'escrimeur, le meurtrier, parricide, trompeur, infracteur des testamẽts, bourdelier, ou femme infame, corrumpeur de ieunesse, ou autre semblable sorte de gens qui ne se soit rangé & ait prins place auec eux? Tellement qu'il appert clairement aux yeux des hommes qu'ils sont conduicts & poussez du même esprit dont ont été conduits & poussez les tyrãs, paiens, les Arriens, & semblables hereticques iadis, de la source desquels les nôtres, comme d'vne fontaine ont puisé leur cruauté & felonnie.

Ce qu'est notoire par toutes les choses qui se sont passees en Boheme en la reuolte soubs la conduite d'vn homme meschãt & desesperé nommé Zisca, & les maux qu'y furent commis. Et depuis par diuers hommes apostats ennemis de paix & de concorde presques par tout le mõde, combien de maux & calamitez sont ensuiuies. Et pour point alleguer exemples de long temps passez: *Henry* VIII. Roy d'Angleterre, lequel ayant tresbien defendu la foy par vn liure composé contre Luthere (eclaue de lubricité & gourmandise) depuis enuoyant à Rome vers sa Saincteté pour impetrer de luy congé de repudier sa femme legitime, & en prendre vne autre, ce que luy étant refusé, n'abandonna il pas le siege Apostolicque, & l'vniõ de la saincte Eglise, à laquelle les Roys & les peuples d'Angleterre auoyent religieusement seruiz l'espace de 900. ans? Et se fit appeller & tenir pour chef de l'Eglise, faisant cruellement mourir tous, tant nobles qu'autres de quelque qualité qu'ils fussent, qui ne vouloyent ny pouuoyent prêter vn si execrable serment? *Le schisme d'Angleterre.*

Vn peu de temps apres, les disciples de *Caluin* & de *Beze* (qu'on appelle Huguenots, les plus cruels & desireux du sang d'entre tous les hereticques) n'émeurent ils point toute la France par leur reuolte horrible & épouuantable à vne guerre ciuile, la plus calamiteuse du monde, par ce que leur Roy ne vouloit permettre, ains s'opposoit à leurs desseings & vouloir inique, dont s'en est ensuiuie la surprinse & ruine de tant de villes, pilleries d'Abayes, & d'Eglises edifices & basties de si long tẽps: qu'ils ont tellement rasez qu'il ny reste plus que de marques & tesmoignages de leur extreme cruauté, souillant leurs villes & villaiges, voire leurs propres maisons du sang des prêtres & gens de bien? O miserable France iadis abondante en noblesse & felicité, que telle canaille t'a violentement traitté! Ie ne ramẽteueray icy les choses anciennes & de long tẽps passees, veu que le sang regorge encores iournellement des playes, & si n'ont les *Le tumulte des Huguenots en France.*

 medicins

medecins iusques à cette heure sceu rien prouffiter. Aussi la generatiō de vipere iusques ores n'a receu le chastiment & paine qu'elle merite par ses forfaits: ains est encore au ventre sans en sortir, se trainãt ça & là comme le chancre : si sortera elle vn iour, & se montrera par vn tres-pitoyable & lamentable fin.

Pense vn petit, ie te prie, quel seroit ton estat & condition si paraduẽture ceux qui t'ont & les vôtres, étans encores soubs vostre subiection & coërcion, si cruellement traitté, deuenoient vn iour superieurs & maitres absoluz : desquels les actes trop inhumains & tant barbares, il n'est possible d'exprimer ny peindre? Que si en simulant ils te persuadent la paix & le repos, eux qui ne desirent que guerre, certainement tu te trompes. Ils viuent & subsistent, mais c'est à ta ruine & cõfusion par leur hypocrisie. L'on domte les ours par doulceur & mãsuetude, mais point les tigres. Mire toy, & prens exemples au malheur d'autruy: & si par iceux tu n'es émeu, attẽs vne miserable seruitude, voire plus facheuse que celle d'Egypte, comme bien à plain le te declare le miroir horrible des cruautez exercees en cette poure Angleterre auiourd'huy tant & tant affligee. Considere aussi combien de temps il y a, & quelles victoires triumphãtes tu as iadis obtenues contre les barbares & ennemis du nom de Christ, & de quel honneur tu t'as orné toy même, & prêque tout le monde; permettrois tu qu'à present ton nō plein d'excellẽce soit souillé d'vne heresie tant infame? Que ton Prince & Roy tréchrétien tant redoubté vienne à considerer quels ont esté son ayeul, son bis-ayeul, & ses predecesseurs, il ne trouuera iamais qu'vn seul d'entre eux ait permis à vn seul hereticque mettre le pied en France, & moins y viure. Qu'il pẽse aussy quelle foy l'on doibt auoir aux hereticques, tant domestiques que estrangiers, qui aussy tost qu'ils prendront pied d'asseurance, comme bêtes farouches ne faudront de rauir & ruiner tout, n'étant fideles à eux mêmes, comme il apparut souuent par la fin que plusieurs ont faict: lesquels s'étans eux mêmes enlaces par vne maniere de faire politicque & ciuile, se sont depuis follement perduz & ruinez. L'Angleterre nous en peut seruir d'exemple, laquelle étant enyuree de ce poison & venin mortifere, elle en a empoisonné & prêque tiré à totale ruine tous les pays & lieux circomuoisins, si comme la France, l'Ecosse, & le Pays bas; qui sont sur le poinct de leur perdition & destruction, si ce mal n'est tôt preuenu par amendement & repentance. La perte de son propre frere le Ducq d'Alençon doibt être aux yeux du Roy comme vn miroir. Lequel étant Prince de cœur noble & genereux, ayant suiuy le conseil & l'aduis des hereticques & gens legiers,

legiers, apres vne infinité de pertes & maladies grandes, finallement luy ont causé la triste mort, au grand mal & preiudice de toute la France. Ce que doibt rendre saige le chef seul suruiuant au milieu de tant de confusions & ruines.

Ie vien maintenant aux peuples des Pays bas, infectez à oultrance de l'heresie de *Caluin* & de *Beze*, qu'on appelle Gueux (que signifie gens vagabonds & de neant) qui à la verité ne sont moins cruels que les Huguenots de France: car à fin de pouuoir exercer en leurs propres entrailles & villes leur folle & vaine religion, comme les vns cruellement & seditieusement ont traicté le Roy treschrêtien en France; ainsi les autres affligét de même leur propre Roy & Prince naturel, le Roy Catholicque d'Espaigne. Soubs vmbre & pretext de religiõ & reformation ils ont introduit leurs sectes, qui est vn monstre de plusieurs testes, differens d'opinion, de doctrine & de verité; & passans plus oultre (comme l'heresie est tousiours sanguinaire) ilz ont tout destruit par trahisons, par feux & glaiues, soubs le feu Prince d'Oranges, leur Chef, hõme cruel & de cœur double, qui à l'imitation de la vipere, a recõpensé le benefice par cruauté. Il a soubs vmbre de liberté, ou plustost seruitude pleine de fraude & trõperie, introduit au pays les François & apres les Anglois, pour tout renuerser & gâter. Desquels les saccagemens, feux, direptions, & massacres, les suiuantes figures & tabelles remontreront. *La fureur des Gueux aux pays bas.*

Mais à la mienne volonté, que le peuple fût sage, & considerat cõbien la paix saincte & bonne, dont ils iouyssoient anciennemẽt soubs le maintiennement de la foy & religion Catholicque, lors que toutes choses y florissoyent, leur seroit plus vtile & necessaire que cette triste guerre. Et comment d'vne abondance & felicité, dont iadis ils iouyssoient, ils sont tombez en extreme poureté & dangier, pour auoir changé la foy & religion de noz peres. Qu'ils preuiennẽt, s'ils sont saiges, de bonn'heure leur malheur, & dechassent loing d'eux les autheurs de leur ruine & perditiõ. Ilz se trompent grandement, si par ceux là ou par quelques autres étrãgiers semblables ils attendẽt leur repos & leur bien, veu qu'ils sont cause par leurs sinistres cõseils d'auoir introduit tãt de miseres & calamitez en la republicque. D'auantage considere l'industrie des Anglois, qui par meurrtes & saccagement de leurs voisins pensent asseurer & bien fort munir leurs ports de mer, & les murailles de leurs villes, & tirer leur salut au prix du sang d'vne infinité de poures creatures, par la continuation de cette guerre ciuile qu'ils nourrissent tant en France qu'es Pays bas; estimez vous que d'iceulx aurez la paix? L'experience qu'ils ont faict paroitre iusques à present du peu du secours qu'ilz vous ont faict, vous doibt rendre sages.

Ne seroit il point meilleur & plus salutaire qu'en reiettant l'heresie & dechassant vn petit nombre de tiranneaux qui vous dominent par force & à leur gré, prinssiez conseil au droict diuin & humain, vn chacun vint à recognoitre son Roy Catholicque & Prince bening. La religion duquel n'est d'auiourdhuy ny sortie d'vn anglet, mais ancienne & vniuerselle, laquelle vous & voz ancêtres auez sollemnellement iurez. Il ne prend son plaisir aux armes ny aux battailles, ains recherce par toute voye vostre paix & salut, n'ayez hôte de vous submettre soubs l'obeissance de ce monarche, lequel les Espaignols & Italiens, les Affricains & Indiens, voire prêques tout l'vniuers recognoit & aduouë pour Roy, dominateur & defenseur de droict & de liberté. Que ce ne vous soit chose facheuse ny moleste de vous soubmettre au Gouuerneur & commandeur, lequel outre sa prudence & benignité, a tousiours été inuincible & victorieux, d'esprit & sang Royal, de Parme & de Plaisance le Duc tresdebonnaire, qui vous est & sera non point en reproche ou cruel, mais cōducteur, voire pere de la patrie. Ayez doncques vergongne d'être si long temps alienė de la foy & de vostre Roy : ayez dis-ie honte d'être appellé d'vn nom si sale de Gueux, voire de par les gens de bien & de vertu.

Les cruautés des Protestans en Angleterre.

Qu'est il besoing de rememorer les calamitez & miseres d'Angleterre où l'heresie n'a rien obmis de ce qui faisoit pour sa cruauté & impieté? Car à fin de couurir sa faute & villainie, & qu'on l'estimasse pieuse, n'a elle pas faussement accusé les Chrétiens de crime de lese Maiesté? Et pour s'approprier vn nom plus honneste & correspondant à son but, reputants ces noms de Gueux & Huguenots, comme par trop infames & sales, ne se sont ils point appellez Protestans: nom qui respond fort à propos à leurs faicts, veu qu'ils protestassent ordinairement tout le contraire de ce qu'ils pensent & font? Car comme ainsi soit qu'à cause de la seule religion & pieté Catholicque ils ne cessent iournellement d'emprisonner, bannir, rauir les biens, & finallement de meurtrir cruellement les gens de bien: ils protestent neantmoins qu'ils ne veuillent oppresser personne à cause de la religion & obeissance qu'on doibt à l'Eglise Catholicque: mais pour crime de lese Maiesté, & le mespris de loys & constitutions du Royaume. Iaçoit qu'il soit cogneu à tout le monde combien est grande la haine que portēt lesdits Protestants à la religion Catholicque, & combien violentes sont lesdites loix, constitutions & edicts qu'ils appellēt decrets. Les infracteurs desquels sont reputez coulpables du crime de de lese Maiesté, toutesfois à fin que leur protestation soit plus manifeste & notoire à tous, & de combien elle est pleine de bourdes, mensonges & fausses suppositions, cõtreuenantes à l'honnéteté Chrétienne, à la raison, foy & religion; ie produiray icy briefuement quelques exemplaires de leurs iniques & malicieuses determinations, qu'ils estiment neantmoins & tiennent entre eux comme l'ornement, tuition & soustenement du Royaume, auec les circonstances des lieux, du temps, & les propres sentences des loix, à fin qu'on les cognoisse.

L'an de nôtre Seigneur 1559. qui fut la premiere annee du regne d'Elizabeth, *fut publié vne iournee des Nobles & Estatz du Royaume assemblez à Westmunstre, commençant le 23. iour de Ianuier, & y continuant iusques au* 8. *de May suiuant. En laquelle assemblee, entre autres choses fut decreté que les ordõnances & constitutions qu'auoit faict le Roy* Henry *huictiéme de ce nom, fussent remises en nature & leur premier entier. Et que celles qui depuis furent establies par le Roy* Philippe *& la Royne* Marie, *l'an premier & secõd de leur regne, par lesquelles ordonnances l'on derogoit & annulloit certains edicts publiez auparauant contre le siege Apostolicq Romain, fussent d'ores en auant cassez & annullez, sans que personne s'en puist aucunement aider & seruir. Et que toute iurisdiction & force Ecclesiasticque, dont anciennement l'on vsoit pour contenir en ordre les gens d'Eglise, corriger & extirper les heresies, fussent ioinctes & annexees à la couronne Royale, à fin que par cy apres la Royne & ses successeurs ayent plein pouuoir & puissance d'en disposer.*

Et à fin que telles ordonnances fussent cõseruees & maintenues en plus grãde force & vigueur, l'on ordonne qu'à l'aduenir toutes personnes tant Ecclesiastiques que seculieres, estãts en office ou es gaiges de la Royne, prestent le sermẽt sur l'Euangille, en la forme & maniere que s'ensuit: Ie A. B. confesse & proteste de cœur & en ma conscience, que la Royne est seule Gouuernante de ce Royaume & & de toutes autres Prouinces & pays qui sont soubs sa Iurisdiction, tant és affaires Ecclesiastiques & Spirituelles, que seculieres & tẽporelles, sans qu'aucun Prince étrãger, Prelat, ny autre de quelque qualité & authorité qu'il soit, y doibue auoir & pretendre quelque puissance & domination Ecclesiasticque ou spirituelle. Et pourtãt ie renonce à toute iurisdiction externe, à toute authorité, preeminence, & autre puissance, que des maintenant ie quitte & laisse. Et promets d'ores en auant d'estre fidele & obeissant à sa Maiesté, ses heritiers & legittimes successeurs: ie defendray & garantiray de tout mon pouuoir toutes & quelcõques leurs iurisdictions, priuileges, preeminences & authoritez concernantes sadite Ma[té] Royalle, ses heritiers & successeurs, ou ioinctes & annexees à la courõne de ce Royaume. Ainsi Dieu me soit en ayde & ses saincts Euãgilles.

Item quiconque refusera de faire ce serment, sera priué de son office, & rendu inhabile toute sa vie à pouuoir pretẽdre quelque dignité, s'il ne préte led. sermẽt.

Que si quelqu'vn vouloit par parolle ou escript defendre la puissance & iuris-

dictiō ecclesiastique de quelque Prince ou Prelat quel qu'il soit, pour la premiere fois il aura tous ses biens confisquez: & si son bien n'excedoit la valeur de 20 liures, lors outre la perte de tout son bien, il sera tenu demeurer vn an en prison. La seconde fois, pardessus la confiscation de tous ses biens il sera condamné à perpetuelle prison. Mais si pour la troisiesme fois il vient à tomber en la même faute, l'on reputera ladite faute pour trahison grande, & endurera les peines constituees aux trahistres.

Item à été decreté audit Parlement illec assemblé, que nulle ordonnance prononcee & établie par la susdite authorité, soit qu'elle soit concernante la foy & religion, ou bien quelque autre cause, ne sera tenue ny reputee pour erreur, schisme ou heresie.

L'Alcoran d'Angleterre.

100. Marcs Anglois sōt enuirō 222 escuz d'or.

12 Deniers Anglois font vn demy florin.

Item quiconque sera trouué administrant les sacrements d'vne autre façon que n'aura esté ordonné par Messieurs les Estats en leur liure intitulé Les prieres communes; Il sera taxé à cent marcs, qui s'applicqueront au Thresor Royal, & tiendra six mois prison. Quiconque retombera, pour la seconde fois paiera 400. marcs & tiendra vn an prison. A la troisiéme fois, qu'il soit mis en prison perpetuelle.

Quiconcque aux festes & dimanches ne frequentera point leurs temples, qu'il soit à châque fois mis à l'amende de douze deniers.

Il a esté conclu au parlement de Westmunster tenu le douziéme de Ianuier, 1563, qui est la cincquiéme annee du regne de la Royne Elizabeth, que si quelqu'vn de quel estat ou condition qu'il soit, par escript, cyfre ou par presche, de fait ou autrement, se presumoit de vouloir maintenir l'authorité du Pape selon qu'il l'auoit cy deuāt en ces pays, ou attribuer quelque superintēdence au siege Apostolicque; qu'il soit priué de tout son bien, & tenu condamné en prison perpetuelle.

Secondement que tous ceux qui pretendent & aspirent aux ordres Ecclesiasticques, ou bien d'estre maîtres d'écolle, voire toute autre personne tendant à quelque degré d'erudition & sçauoir, à fin d'estre admis à quelque office & dignité de Iustice, qu'il ait à faire le serment estably la premiere annee du regne de sa Maiesté, auant que d'estre receu ausdictes charges & vocations. Et quiconque contredira à cette ordonnance, tous ses biens, fame et renommee luy seront ôtees, & tenu à tousiours en prison.

Tiercement quiconque transgressera ces poincts cy dessus declarez, & estant vnefois conuaincu, viendra derechef à retomber, proferant l'authorité du Pape, & qu'icelluy auec ses adherents & conseilliers en dedans trois mois de terme à eux prefigé refuse de satisfaire au susdit serment, icelluy endurera peine de mort telle qu'elle est ordonnee & constituee pour la punition de trahison.

Semblablement quiconcque d'ores en auant sera esleu à l'estat & dignité du Parlement, qu'il soit contrainct de iurer le même, n'est qu'il desire estre puny & chastié comme l'on faict ceux qui se sont presumez d'asseoir audit parlement sans y auoir été esleu ny appellé.

Sembla-

Semblablement, que nuls Barons, ny ceux qui excedent la dignité de Barons en l'estat seculier, soyent constraincts de prester le même serment.

Au Parlement de Westmunstre lequel fut tenu le deuxiesme iour d'Apuril 1571. & la treisiesme annee du Regne de ladite Royne Elizabeth, est cōtenu entre autres ordonnances & statuts, que quiconcque appelleroit la Royne Heretique, schismaticque ou tiranne, qu'il seroit reputé pour traistre & tenu d'endurer semblable peine de mort, auec la priuation de tous ses biens, cōme s'il estoit conuaincu de perfidie & trahison.

Item quiconcque osera par écrit publier & declarer cependant que la Royne est viuante, celuy qui est ou doibt estre son heritier & successeur (n'est que ce soit quelqu'vn naturellement procreé de son corps) sera vn an en prison, & priué de la iuste moitie de ses biens pour la premiere fois : & pour la seconde sera perpetuellement emprisonné & perdra tous ses biens. Il n'y a le gitime.

Item quiconcque apportera quelques bulles Romaines d'absolution ou reconciliation, & en lauthorité d'icelle aura absout & reconcilié quelqu'vn : ou qui aura promis par parolle, escripture ou par autre moyen de l'absoudre : ou bien que par telle voye il seroit digne d'estre absolut : quiconque aussy aura impetré de Rome quelque bulle ou escript à quelque intention que ce soit : sera remarcqué pour châcun tel faict comme traistre qu'on doibt faire mourir, en le priuant de ses biens, comme coulpable de crime de lese Maiesté.

Item quiconcque apportera dans le Royaulme quelque Agnus Dei, croix, images, grains & quelque autre chose benite du Pape, ou de quelqu'vn ayant pouuoir de par luy, & qui aura donné telle chose à aucun pour le porter ou en vser : que celuy qui les aura apporté, & celuy qui les aura receu, soyent punis de même peine, à sçauoir de la perte de tous leurs biens & reuenuz, & detenus en perpetuelle prison.

Quiconque sortira les limites du Royaume sans congé particulier de la Royne, & sera absent plus de six mois (si ce n'est quelque marchant cogneu) tous ses biēs seront confisquez.

A l'assemblee de Westmunstre cōuocquee le xvj. Ianuier, l'an 1581, & du regne de la Royne Elizabeth 23. a été ordōné par decret, que si quelqu'vn des subiects de ladite Royne conseilloit & persuadoit à quelqu'vn autre de se retirer de la Religion instituee par l'authorité de la Royne, pour se rāger à la religion Romaine, ou bien l'auroit incité & exhorté de promettre obeissance à la foy Catholicque; celuy la sera puny comme s'il estoit coulpable de crime de lese Maiesté.

Item quiconcque aura volontairement obtenu & apporté quelque absolution, ou reconciliatiō, ou qui aura promis obeissance à telle authorité; celuy la sera iugé coulpable d'auoir merité la peine de bien grande trahison.

Item ceux qui auront donné ayde & faueur à telles personnes, ou sçacheans telles choses, n'en auront en dedans vingt iours aduerty quelqu'vn du Magistrat; seront de leur viuant priuez de tous leurs biens & leurs corps reseruez au vouloir de la Royne.

444. escuz d'or. *Si quelqu'vn dit ou chante* Messe, *il sera taxé à deux cent marques, & detenu vn an prisonnier.*

222. escuz d'or. *Item quiconque oira la Messe, sera tenu de payer cent marques, & sera detenu vn an entier prisonnier.*

20. liures Angloisfont enuiron 66. escuz d'or, *Item quiconque sera trouué n'auoir visité les eglises & les exercices qui furent ordonnez la premiere annee du regne de ladite Royne, & ce dessus l'aage de 16. ans, pour l'absence de châcun mois paiera vingt liures esterlings.*

Item quiconque retiendra quelque Maistre d'écolle, lequel ne frequentera les temples, pour châcun mois qu'il l'aura retenu il sera taxé à dix liures esterlins: & le maistre d'écolle lequel aura offencé en telle sorte, sera prisonnier vn an de long, & declaré inhabile à instruire la ieunesse.

Au Parlement de Westmunster commencé le xxiij. de Nouembre l'an 1585. & du regne d'Elizabeth *27. a été arresté que tous* Iesuites, Prêtres du seminaire, *& autre quel qu'il soit, lesquels ont été crees & ordonnez dedans ou dehors les limites du Royaume depuis le S. Iehan de la premiere annee du regne de ladite Royne, par quelque authorité Romaine, qu'endedans quarante iours ils ayent à sortir le Royaume.*

Il n'est aussy permis à quelque Iesuite, Prêtre du Seminaire *ou à quelque autre* Prêtre *mentionné cy dessus, d'entrer dans le Royaume, ny y faire demourance. S'il faict le contraire, cette offence sera accõparee & tenue pour vn grand & enorme crime de trahison, & sera icelluy priué de tous ses biens & puny de mort, comme s'il estoit conuaincu de trahison.*

Item quiconque receura, apres les quarante iours expirez, tel Iesuiste ou Prêtre, qu'il aura aidé & sustenté, celuy la sera coulpable d'vne tresgrande offense, pour laquelle il endurera la perte de ses biens & la mort, selon qu'il est ordonné aux crimes & forfaicts enormes.

Item si quelque vassal de la Royne, ores qu'il ne fut Prêtre ny Iesuiste, mais nourry en quelque college d'iceux, soit presentement ou pour l'aduenir, il n'est de retour en Angleterre endedãs six mois de cette publication: itẽ qu'il ne se veuille submettre aux loix de la Royne & au iurement ordonné en ce royaume l'an premier de la Royne, mais retourné pour autre cause ne s'y soit submis; sera iugé & condamné comme vn traistre, auec perte de tous ses biens & de sa vie, comme il il est ordonné à tous autres crimes de trahison.

Item s'il y a quelqu'vn des subiects de la Royne les quarante iours expirez, & ce en quelque sorte que ce soit, qui ait enuoié outre la mer quelque argent ou autre assistence à quelque prêtre, Iesuite du seminaire, soit diacre, religieux, ou autre personne Ecclesiasticque, ou même audit seminaire ou college; celluy qui aura ainsi offensé perdera tout son bien, & sera perpetuellement detenu prisonnier.

D'auantage s'il y a quelqu'vn apres les quarante iours expirez qui sçache quelque Prêtre, Iesuitte du seminaire, ou quelqu'vn de ceux cy dessus mentionnez, qui soit demeurant au Royaume, & endedans douze iours il ne l'annonce au chef du Magistrat, cestuy la sera puny selon le iugement de la Royne.

Que si cettuy-la du Magistrat auquel telle chose aura été decelee, en dedans vingt & huict iours ne le declaire au conseil de la Royne, cettuy-la pour chacune offense payera deux cens marcques. 444. escuz d'or.

Item s'il y a quelqu'vn, soit prêtre ou autre desquels auons cy dessus faict mention, qui retourne au royaume & se submet à la subiection de la Royne, & les loix qu'on a ordonnees et pourront estre ordonnees à l'aduenir, apres s'estre ainssy rēdu obeissant, il ne pourra se rendre plus proche de la court de la Royne que de dix lieues par l'espace de x. ans durāt, si ce n'est auec cōgé et licēce speciale de sa Ma^té, de sorte que par icelle son obeissance & submissiō il ne pourra acquerir aucun benefice, ains sera en tel peril & danger, cōme si iamais il ne se fut rendu obeissant.

En la Session du Parlement de Westmunstere, tenu le xv. de Feburier l'an 1587. & de la Royne Elizabeth *29. entre autres choses a été ordonné & arresté qu'auec tout soing & diligence l'on ait à mettre en execution les decrets & ordōnances publiees la xxiij. annee de ladite Royne, contre ceux qui celebrent, frequentent & oyent la* Messe. *Et à fin de faire tant plus soigneuse & diligente executiō, soit en terres, possessions, ou autre sorte de biens de ceux qui ne frequēteront leurs temples, serōt mis à l'amende de vingt liures esterlins chacun mois.* 66. escuz d'or.

Vous auez en ce discours, Lecteur Chretien, cogneu quelles sont les loix & les plus singuliers decrets des Protestās d'Angleterre, voire de tous autres hereticques s'ils auoiēt pouuoir, par lesquelles aisement ils peuuēt conuaincre de crime de lese Maiesté les Catholicques & gens pieux, & les tenir liez cruellement & malicieusement en leurs lacqs & filets : ce qu'ils ne pourroyent faire auec les loix & ordonnances anciēnes du pays. Or est il necessaire par leurs susdites loix, que tout homme ou soit heretique ou transgresseur d'icelles. O si noz ancêtres, qui ont si bien vescuz, resuscitoyēt, & que telles & semblables loix leur fussent proposees, mêmes à tous les Chretiens en general, ne les condamneroyent ilz point comme loix barbares, & ainsi à tort seroient accusez de trahison & crime de lese Ma^té? Mais ç'a été le but & le conseil des tyrās & perturbateurs d'Angleterre, premieremēt de suffocquer & estaindre es villes & par tout le pays, par faute d'instructiō, la vraye parolle de Dieu; puis apres d'abolir les Eglises, prēdre leurs biens & reuenuz, pillant l'argent des riches, massacrāt les innocents & tous ceux qui ne veuillēt obeir à leurs loix, pour finallement faire la ruine totalle d'iceux. A ces fins du cōmencement ils ont condāné en prison les Euesques, prêtres, moines, & tous autres Ecclesiasticques, & les ont illec faict mourir de faim, puanteur, ordure & poureté, ou bien par craincte des peines & tourmens accoutumez, ils les ont contraints fuir & quitter leur patrie, & se sont puis apres emparez de leurs biēs, terres, maisons & possessions, les bannissants & exulans violentement. Lors le pays estant priué de ses vrais & legitimes pasteurs & ministres, les loups y sont entrez, qui ont par tout deschiré & rauy le bon pasturage & tout ce qui étoit de bõne & saincte doctrine, pour y semer la zizanie & mauuaise semence. Et cõme par la bonté & prouidence diuine aucuns hommes vertueux & constans se sont montrez fideles à Dieu au milieu des persecutions & cruautez; les ennemis les accusant iniquement d'infidelité & de trahison, par leurs loix sanguinaires, & soubs le pretext de crime de lese Maiesté, ils les ont fait mourir par le tranchant de leurs haches, cordes, violence, & toute autre outrãce. Mais certes il n'y a conseil ny sagesse cõtre le Seigneur. car au même temps que les mechans exerçoient leur fureur & cruauté contre les bons, le nombre des Chrétiens se multiplioit, & auec la religion la pieté; tellemẽt qu'à bon droict l'on peut dire que le sang des martyrs est la semence des Catholicques: & tant s'en faut que les plãtes du Seigneur Dieu foullees aux pieds, & reputees cõme la ballieure de la terre, se fussent flaistries; qu'au contraire verdoiantes & florissantes d'auantage, elles ont produit non seulement de l'herbe, mais de belles fleurs, & excellents fruicts en abondance. Et qui plus est, voire de grande admiration, les enfans propres de ceux qui deçoiuent les autres, ou bien sont eux mêmes deceus, delaissant leur propre patrie, cerchent & courẽt apres la vraye foy que leurs ancêtres ont sainctement obserué: à fin que de la bouche des enfans qu'on allaicte, la louange soit accõplie: & ayãs été nez & nourriz en l'heresie, n'ayãs eu nulle cognoissance de la verité, neãtmoings à present ils cerchent la parolle de verité. par lesquels sont remplies & abondent les écoles de la Societé de Iesus, & les seminaires à Rome & à Reims, que le Pape de sa grande liberalité a faict construire & eriger; où l'on void à present verdoyer & fleurir vne infinité de ieunesse Angloise, qui en apparẽce semble clairs & excellẽts pasturaiges pleins de vertu & sagesse: qui à cause de leur ferme fondement irritent & fachent tellement les hereticques, que volõtiers ils les voudroient auoir extirpez & ruinez: par ce q̃ cõme d'vne ruche, ainsi sortẽt d'iceux certaines abeilles qui dechassant la tromperie & le mensonge, instillẽt le miel de la pure & saine doctrine, qui est infatigable contre toutes sortes de tempestes & orages. Car ilz sont si bien instruits & façonnez à la pieté & aux bonnes lettres, voire à toutes sortes d'armes Chrétienes, par lesquelles cõme Dauid mît par terre le grand Geant qu'il frappa en la tête, ils peuuẽt semblablement être à l'épreuue contre toutes sortes de tourmẽts, si que par feux ny glaiues on les puisse iamais repousser d'vn si beau combat.

Ces deux seminaires furent instituez par la sollicitation du Tresreuerend Mõsieur Alanus, qui n'agueres pour sa grande pieté est creé Cardinal.

Ce sont ceux-la, ô Angleterre, que tu nourriz & fomentes en ton seing, qui te sont faicts annonciateurs de verité; ce sont ceux qui au peril & dãger de leurs vies te rendent la vie, & qui dechassent par le sang dont les posteaux des portes sont arrousez, l'Ange exterminateur. A quelle raison les hereticques se bandent ils si furieusement contre iceux? Pourquoy dresse lon des loix si cruelles pour les perdre? pourquoy Babylon veut s'enyurer de leur sang? Que les hereticques s'efforcent, machinent, ordonnent & deliberent contre eux, ils les pourrōt bien facher & éprouuer, mais iamais rompre, vaincre ny détruire: car ils subsisteront tant & si longuement que la verité subsistera, & de iour en iour plus fortifiez apporteront vie & salut au pays.

Mais à fin que la verité & gloire des martirs ne soit obscurcie & cachee, ains diuulguee & cognue par tout le monde: Nous auons cōprins en certaines figures vne partie des tormens & cruautez cōmises par les Huguenots en France, par les Gueux es Pays bas, & les schismaticques & Protestans en Angleterre : lesquelles sont si grandes & barbares que iustement & non sans raison les *Nerons*, *Deciens*, *Diocletiens*, *Iuliens*, *Gensericiens*, *les Huns*, *Zisca*, & autres semblables tirans, s'ils pouuoyent échapper d'enfers, auroient honte & vergogne des tourments & cruautez qu'inuentent iournellement les Chrétiens (si la simple ablution peut faire le Chrétien) à l'encontre de leur propre sang & leur chair. Et iaçoit que l'heresie laquelle s'insinue doucement par finesse & astuce au commencement, soit accompaignee ordinairement de tirannie : neantmoins regardez ô beaux renouateurs de la Saincte Eglise, s'il y a eu autrefois quelques hereticques, qui ayent lasché plus librement la bride à toute cruauté contre les tēples, images, Prêtres, religieux, vierges, & semblables gens de bien. Que si l'on regarde ces peintures & tableaux, l'on trouuera que iamais l'Eglise n'a enduré vne tant cruelle & mortelle peste, ny souffert plus violente ruine, que cette tāt funeste & derniere calamité aduenue par cette race & generation de Caluin & de Beze, sortis de leur cauerne de Geneue (plustôt diray-ie Gehéne) qui a difformé toute la terre; soubs vn beau pretexte de reformation d'Eglise. Or ie desire qu'en la contēplation de ces figures chācun fidele soit émeu à louer Dieu pour la cōstance de ses martirs, & à detester l'impieté des hereticques, & leur doctrine : & que les hereticques cōsiderans cōme en vn miroir la deformité & turpitude de leurs actes & façōs de faire, detestent de bonn' heure leurs cruautez & felonnies, & retournent à la vraye foy : ne nous representans plus leurs martirs, qui ne furent iamais condamnez pour la religion, mais pour cause d'impieté; non pour innocēce, mais pour crime; nō pour saine doctrine, mais pour erreur; non par constance, mais par obstinacité; & ce par les loix anciennemēt ordonnees par les Empereurs. C'est vne sentēce vulgaire, que la peine ne fait pas le martire, mais la cause. Or ne peut il aduenir à l'Eglise chose plus dolēte & cōtre son gré, q̄ quād toutes autres medicines étant reiettees par les heretiques, elle est forcee par effusiō de sang remedier aux pestes pernicieuses & dōmageables à l'Eglise Chrétienne.

Nostre Seigneur Iesus Christ, vray époux de l'eglise Catholique, lequel pour la consacrer a voulu épandre son sang, & pour la regir & gouuerner tressagement a enuoyé son S. Esprit, veuille donner force & constance aux Catholicques, & aux hereticques la vraye religion auec sagesse, voire à tous charité & la paix eternelle. AMEN.

PROLOGVE
AV THEATRE DES CRVAVTEZ
DES HERETICQVES DE NOTRE TEMPS.

TOY qui t'addreſſeras à mirer ce Theatre,
Endurcis bien ton cœur ; ton œil opiniâtre
Se tienne ſans mouuoir, à fin que contemplant
Nôtre meurtri trouppeau, tu ne ſois en tourment,
Et qu'en l'horreur du faict ton œil ne s'épouuante
Voyant à l'impourueu hiſtoire ſi ſanglante.
Car noz acteurs icy rien ne vous produiront
Qui ſoit digne de ris, ny moins vous compteront
Quelques plaiſans diſcours, ou d'vne voix biſarre
Feront en cornettans vn plaiſant tintamarre;
De l'infidel Pelops ne te feront recit;
Ny des cruels Thebains ; ny du rare deſpit
Des deux fils d'Oedipus, qui remplis de rancune
Refuſoint treſpaſſez vne flamme commune;
Ny d'Hecuba le deuil ſe vengeant du trépas
De ſon fils Polydore, à l'ayde de ſes bras.
Mais bien de la vertu dira nôtre aſſemblee,
Paſſant en grauité la langue Sophoclee,
Montrant que par tourment, croix, mort, liens, & feu,
L'on peut monter au ciel vers le trouppeau eſleu;
Auquel le paruenir eſt dur & plein de peine,
Car le pas eſt ſanglant qui vers Dieu nous ameine.
Ainſi le Createur du monde tout-puiſſant
Ses diſciples eleux va touſiours exerçant,
Faignant en tous ſes faits la rigueur d'vn vray pere
Qui nourrit ſes enfans d'vne façon ſeuere.
Puis aguerris ainſi par tant de deſplaiſir,
Il les rend à la fin dignes de le ſeruir,
Et ſes vrais heritiers choiſiz de ſon ouaille
(Deuant que les ſauuer) de mille morts trauaille.
Mais on void peu ſouuent qu'vn maître ſoit ſoigneux
De ſon ſerf negligent, couard & pareſſeux;

Car

Car en le depriſant, l'abandonne à tout faire,
Le laiſſe follatrer, à tout chácun deplaire,
Et ſes mains infecter au ſang de ſes vaſſaulx,
Pour apres le ietter aux gouffres infernaux.
Le Pere donc ſoigneux ſes heritiers façonne
Par l'eſtude feruent, & par trauail leur donne
Vn repos eternel, la vie pour la mort,
Et pour leur ſang iadis repandu las! à tort
Leur preſente la palme en ſigne de trophee.
Or de tels champions noſtre ſcéne eſt ornee
Spectateur bien-veuillant; aux quels eſt grand plaiſir
D'aſſaillir les malheurs, & de ne pas ſouffrir
Quelque mal, leur deſplaiſt; qui la force de l'ame
Sondent aux prix du corps, & qui ſouffrans le bláme
Le torment, & la mort, reſiſtent aux torments
De pure obedience; & du tout ignorans
A quitter la vertu, bien que toute la terre
A leur perdition, leur vint faire la guerre.
Leur conſtance qui tombe, encor ne s'enfuit pas,
A genoux ſe defend, & de ſon gauche bras,
Si le droict y defaut, pourchaſſe ſa defenſe,
Renforçant ſes eſprits par humble patience,
Irrite conſtamment ſes cruels ennemis,
Leur tardance reprend, & leur coups alentis
Prouoquant ſur ſon corps, ſa peau tendre enuironne
D'vn endurcy plaſtron contre les coups qu'on donne.
Ces vaillants champions, & leur braues combats
Va d'enhaut le grand Dieu *contemplant icy bas,*
Et d'vn cœur reſiouy regarde le martire
Que ſouffre pour ſon nom ſon trouppeau qui ſouſpire.
Nous autres quand quelqu'vn d'vn courage arreté
Attend de ſon eſpieu quelque loup irrité,
Le louons hardiment d'vne ſi grande audace;
Toutesfois ſi quelqu'autre eſchauffé ſur la place
Oſe attendre les dents d'vn lion furieux,
Celuy ſelon l'aduis de chaſcun, en tous lieux
Gaignera iuſtement ſur l'autre la louange:
Mais icy l'on voira vn combat plus eſtrange,

Des cœurs plus resolus, traits plus fallacieux,
Plus dangereux peril, acte plus pondereux,
Et passant les lions & les loups en furie,
Sans loy & sans pitie, l'infondee Heresie.
C'est celle qui laissant le chemin de la loy
Change ses mœurs, sa foy, sa demeure & son Roy,
Et qui suiuant l'erreur en abus de lumiere
Se iette de plein saut en l'obscurté derniere.
A ce coup sans raison elle enrage, & ne peut
Son esprit deliurer de l'erreur qui l'émeut;
De là l'impieté es tenebres s'aggree,
Haissant la clairté iadis abandonnee,
Celle qui ne s'abstient du profane ou sacré,
Mais qui veut apres nous le ciel rendre étonné,
Seul erreur, seul malheur, seul martial orage
Et le tragique ieu de nôtre peruers age.
Ce monstre tres-cruel icy te va monstrer
Horribles cruautez, & sans pouuoir saouler
Son estomach, boira le sang humain sans cesse,
Excedant la fureur de l'Hircane Tigresse.
A ce monstre vilain leur corps presenteront
Les vertueux & saincts qui sur la terre font
Luire leur pieté, non egaux en puissance,
Mais armez de par Dieu d'vne saincte constance:
Et cette Royne aussy honneur de nôtre foy,
Qui soubs le faux serment d'vne hostesse, en esmoy
Fut faite le repas d'vne louë felonne,
Changeant celle d'Escosse en celeste couronne.

I. B. S.

CEN-

CENSVRE

SVR LES HERETICQVES DE NOSTRE TEMPS.

LE LVTHERIEN *libertin nôtre Eglise abandonne,*
Et à la volupté du tout il s'addonne.

L'ANABAPTISTE *indocte en faisant l'hipocrite,*
Tasche les idiots d'attirer à sa suite.

CALVINISTES *sanglants tuent par morts infames*
Les corps d'iceux d'ont ils n'ont sceu tromper les ames.

I. G.

Plusieurs faux Prophetes s'éleueront,& en seduiront plusieurs. *Matthieu 24.*

Donnez vous garde des faux Prophetes,qui viennent à vous en vestemens de brebis : mais pardedans sont loups rauissans: vous les cognoistrez à leurs fruicts. *Matth.7.*

Ils sont sortis d'entre nous. *1. Iohan. 2.*

L'ORIGINE, CONTINVATION ET SVCCES, DE LA RELIGION CATHOLICQVE; ET LES EFFECTS DE L'HERESIE.

L'EGLISE Catholicque Apoſtolicque & Romaine a perſeueré inuiolablement depuis l'aſcenſion de noſtre Seigneur plus de mil cinc cens ans. Et a conſtamment maintenu & conſerué la même purité & integrité de Foy & Religion par la continue & legitime authorité des Paſteurs ſucceſſeurs de Sainct Pierre.

Entre ce temps, pluſieurs diuerſes hereſies ſe ſont par les faux deſerteurs de l'Egliſe excogitees & en ce monde ingerees. Leſquelles, combien que par grandes perſecutions l'ont taché d'oppugner & effacer, ſont toutesfois à la fin auec leurs autheurs confutees & extirpees.

Mais en nôtre temps il n'y a guere que Martin Luther (qui s'eſt laidement deſſerré de l'Egliſe Catholicque) a forgé vne nouuelle ſorte d'hereſie auparauant iamais ouye de noz ancêtres; de laquelle depuis ſe ſont emergez innumerables ſectes des opinions deprauees contraires de Luther même, & repugnantes l'vne à l'autre. Entre toutes leſquelles la plus hideuſe & deteſtable ſecte de Caluin a precipité vne infinité des ames des Chrétiens aux enfers, & million des corps cruellement occis, & a introduit la perturbation de pluſieurs Royaumes de la Chrétienté, & machiné quaſi l'entiere ruine de ceſt vniuers.

QVEL-

QVELQVES DESCRIPTIONS PARTICVLIERES DES CRVAVTEZ DES SCHISMATICQVES D'ANGLEterre, au temps du Roy Henry huictiesme de ce nom.

Seigneur ils ont tué tes Prophetes, & ont demoly tes aultels. Rom. 11.

Ils ont mis les corps morts de tes seruiteurs pour viandes aux oyseaux du ciel : & la chair de tes saincts aux bestes de la terre. Pseaume 78.

EN cette derniere reuolte contre le fils de Dieu & sa saincte Eglise Catholicque, commencee en Saxe prouince d'Allemaigne par Martin Luther, Moine mais apostat de l'ordre de S. Augustin, épādu par toutes les parties de la Germanie & autres prouinces septentrionalles, auancee en France par Iehan Caluin, autre apostat, natif de Picardie, prouince de la Gaule Belgicque, & continuee auec toutes inhumanitez, cruautez & grande effusion de sang innocent par les ministres & sectateurs: de ces deux heresiarques, mais principallemēt de Caluin, on peut apparemment iuger combien grande a tousiours été la haine des hereticques cōtre nostre Seigneur Iesu Christ & sa saincte Eglise, par les deportements & barbaries de ses satellites de Satan, & les premiers fruicts par eux produits, en pillant, saccageant, demolissant & ruinant du tout les monasteres & autres lieux de pieté & deuotion erigez, fondez & dediez à Dieu, pour luy seruir, l'inuocquer & faire autres saincts exercices par noz treschrétiens & pieux ancêtres.

Et combien que Henry l'huictiéme, Roy d'Angleterre, ne s'est adōné ny à l'heresie de Luther, ny de Caluin; toutesfois pour la même cause il s'est separé de l'eglise Catholicque, à sçauoir, pour par sa liberté effrenee assouuir ses voluptez charnelles, & d'vne malice infinie demolit & ruina du tout en l'espace d'vn an iusques au nombre de 10000 monasteres, eglises & autres lieux saincts, & contraignit iusques à 100000 personnes religieuses professes, tant de l'vn que de l'autre sexe, de laisser leur ordre & profession, quitter l'habit & retourner au monde. Ce que quelqu'vn à laissé par écrit en vn disticque:

Millia dena vnus templorum sustulit annus:
Quàm timeo in pœnas vix satis vnus erit.

Le même esprit a depuis conduit & dirigé les rebelles & furieux disciples de Caluin & autres d'imiter semblabes actes, en saccageant les Eglises & brisant les images, &c. non seullement en Allemaigne, Angleterre: mais en France, Escosse, Irlande, Pays bas, & ailleurs; si lamentable à la posterité, que pitoyable à nous presentement viuans.

LES

Les premiers fruicts du nouuel Euangile.

Si le Royal Prophete en vn chant lamentable
Depleuroit des gentils la fureur deteſtable,
Qui du ſainct temple auoyent pillé les ſacrez biens:
Las combien nous debuons nous plaindre d'auantage,
En voyant ruiner d'vne plus fiere rage,
Noz Egliſes par ceux qui ſe diſent Chreſtiens!

LA grande enuie dudit Roy Henry non encores ſaoulee par ſi execrable ſacrilege, voulut auſſy forcer toutes les principalles perſonnes en hõneur & dignité conſtituees, à iurer, que vrayement il étoit & debuoit être le ſupreme chief de l'Egliſe d'Angleterre. Ce que les plus ſages, doctes & vertueux de ſon Royaume ont refuſé, & d'vn grand zele de pieté ont maintenu & defendu l'authorité de l'Egliſe Catholicque Apoſtolicque & Romaine de noſtre Seigneur Ieſu Chriſt, & de ſon Vicaire, ſucceſſeur legitime de Sainct Pierre.

Pour cette cauſe furent iugez à la mort ces deux grands lu-
A minaires Anglois, aſçauoir Meſſire Iehan Fiſcher, Eueſque de
Rocheſtre, peu au parauant pour ſa pieté eſleu Cardinal, & le
B Seigneur Thomas Morus Cheualier, & au parauant Grand
Chancellier du Royaume. Le premier étoit la lumiere de tout le
Clergé, & l'autre de la Nobleſſe & du tiers état.

Mais pour laiſſer exemple de conſtance en la pieté à l'vn & à
C l'autre ſexe: la Conteſſe de Sarisburie mere du Cardinal Pole
fut comme eux decapitee, pour auoir auſſy rendu témoignage
à la verité.

Les

Les cruautez des ſchiſmaticques en Angleterre.

En ſon propre païs, teſmoigne le Seigneur,
Le vray prophete n'a ni credit ni honneur,
Quelle honte a la cité qui tue par rigueur
Ses propres nourriſſons, ſans être fauourables
Aux ſaincts & ſacrez chefs des doctes incoulpables!
Qui ont par leurs vertus mis leurs noms en vigueur.

POVR la même cause & defense de la liberté de l'Eglise Catholicque les Chartreux, tresdeuotz religieux, furent appellez à même martyre, mais par diuers torments soubs l'ordonnance de ce même Roy.

Apres donc qu'ils eurent eté miserablement detenuz es pri-
sons, gehennez cruellement par diuerses sortes de gehennes,
A finalement furent iugez à la mort, liez sur des clayes & traynez
ainsi iusques au lieu du supplice, où ils furent penduz, mais
B aussi tôt la corde couppee furent encores demy vifs iettez à ter-
re, & tirez pres d'vn grand feu ardent, & le bourreau leur ayant
C couppé les parties honteuses, fendu les ventres, leurs entrailles
encores palpitantes furent tirees dans ce feu, ou elles furent
consumees, puis leurs têtes ayant eté tranchees, leurs corps
furent mis en quartiers.

Les

Les cruautez des ſchiſmaticques en Angleterre.

A vous bons peres ſaincts la reigle ſert de rien
De la vie incoulpable, ou d'eſtre gens de bien,
Ny veillants à minuict, d'auoir prié touſiours:
Ou pour ſalut humain d'auoir faict abſtinence;
Tenant le bien pour mal, voz corps pour telle offence
Ont ſenty des borreaux les tiranniques tours.

A FRERE Iean Foreſt, religieux de l'ordre de S. François, au parauant confeſſeur du même Roy Henry 8. fut pendu & brulé auec l'image de S. Dauid, pres la ville de Londres, pour n'auoir voulû approuuer cette vſurpation de ſuprême authorité, & auoir maintenu la liberté de l'Egliſe.

B Pluſieurs reuerendz Peres Abbez en diuers lieux du païs pour la même cauſe furent penduz, embouallez, & leurs corps mis en quartiers.

C Pluſieurs venerables Prelats d'Egliſe ſont traictez de même, pour la même occaſion.

Cruau-

Les cruautez des ſciſmaticques en Angleterre.

Iadis le fier Neron, des payens monſtre inique,
A Seneque ſon maiſtre vne mort tyrannique
Donna, faiſant tirer ſon ſang par doux torment:
Mais Henry par ſon ſchiſme, en plus fiere nature
S'eſtant tout transformé: d'vne double torture,
Fit ce ſien confeſſeur mourir cruellement.

LES NOMS. DES RELIGIEVX, PRESTRES, ET LAIS, QVI ONT SOVFFERT MARTYRE *pour la deffense de la saincte Eglise Catholicque au temps du Roy* HENRY VIII. *l'An.* 1535. 37. 38. 39. 41. 43.

LES PRESTRES.

Iean Fischer, Euesque de Rochester, Cardinal.
l'Abbé de Barlinge.
l'Abbé de Colchestre
l'Abbé de Fontaine.
l'Abbé de Glastenburg.
l'Abbé de Geruie.
l'Abbé de Reuire.
l'Abbé de Redinge.
l'Abbé de Saulie.
l'Abbé de Whalle.
Edouarde de Bochinge.
Iean Dering.
Huguez le Riche.
Richard Mastre.
Henry Gold.
Robert Laurens, prieur des Chartreux.
Augustin Webster, aussi prieur des Chartreux.
Laurens Coch, Prieur de Dancastre, & trois moines auec luy.
Iean Maier.
M. Regnaud.
M. Haile Prestre.
Iean Rochester.
Humfroy Midlemor, *Guillaume Exmeu*, *Sebastien Nudigat* } *Chartreux.*
Iaques Waruer.
Richard Beer.
Thomas Grene.
Iean Dauis.
Thomas Ionson.
Guillaume Grenuode.
Thomas Scriuan.
Robert Salte.
Gualtier Person.
Thomas Reding.
Guillaume Horne.
Guillaume Onion.
Iean Rugge.
Le Curé de Vandesuort.
Anthoine Borbey.
Thomas Belchiam.
Thomas Cort.
32. *Cordeliers Prisonniers de diuers lieux ou ils sont mortz.*
F. Iean Forest.
Thomas Abel.
Edouard Pouel.
Richard Fetherston.
M. Larque.
Iean de Irland.
Et encore deux Prestres, dont nous ne sçauons les noms.

LES LAIS.

Thomas Morus, Chancelier du Royaume.
Margerite Contesse de Sarisburg.
Gilles Heron.
Clement Philpot.
Germain Gardiner.
Guillaume Aschbie.

QVEL-

QVELQVES CRVAVTEZ HORRIBLES EXERCEES EN FRANCE PAR LES HVGVENOTS CONTRE LES CATHOLICQVES, DEPVIS LEVR *premiere rebellion contre le Roy.*

l'An. 1562.

Toy donc fils de l'homme ne les crains point,&ne t'espouuente pas de leurs paroles, combien que gens incredules & rebelles sont auec toy, & que tu demeures auec les scorpions. *Ezech. 2.*

LA

LA ville d'Engoulême pressee par les Huguenotz leur fut en fin rendue par composition, mais à condition promise & iuree, que les Catholicques tant Ecclesiasticques qu'autres y pourroient demeurer seurement sans estre rechercez ni inquietez. Toutesfois les Heriticques oblieux, ou plutôt mépriseurs du serment qu'ilz auoient faict, & accord solemnelement iuré, si tôt qu'ils furent entrez en la ville, ils commencerent à choisir
A quelques Catholicques, & les emprisonner. Entre lesquels fut frere Michel Grellet de l'Ordre de S. François & Gardien du Conuent de son ordre en ladite ville, qui fut apprehendé, & des le lendemain pendu & etranglé à vn arbre, en la presence de Gaspar de Coligny, lors Admiral de France. Mais ce poure patient souffrant tres-constamment la mort, aduertit cet Admiral Chef des rebelles de sa propre ruine: puis ce martyr êtant ietté pour être etranglé, toutte cette fellonne trouppe s'escria par trois foys, *Viue l'Euangile.*

B Frere Iean Viroleau, lecteur dudit conuent, fut par eux cruellement occis, luy ayant premierement couppé les parties honteuses.

C Frere Iean Auril aagé de 80. ans, eut par eux la tête fenduë d'vne hallebarde, & puis son corps ietté dans vn retraict.

D Frere Pierre Bonneau, Docteur en Theologie, apres auoir été par eux detenu huit moys prisonnier en grande misere, fut pendu à vn arbre pres les murailles de la ville.

Hor-

Horribles cruautez des Huguenots en France.

Voz ames ſont touſiours heureuſes par martire;
L'Euangile en ayant faict acroitre & reluire
En force & en vigueur, par vn nouueau ſurgeon:
Cette foy ci apres reſtera triumphante
Quand la fauſſe doctrine, & la troupe ſanglante
Auront pour leurs forfaicts double confuſion.

XXX. Martirs. EN la maison d'vn bourgeois de la même ville nommé Papin, ils enfermerent trente personnes Catholicques qu'ils firent mourir, mais par trois diuerses especes de cruels tormentz qu'ils inuenterent.

A En premier lieu ils en attacherent vne partie deux à deux, lesquels ils laisserent languir, sans leur donner aucunne chose pour viure, à fin que l'extremité de la faim les contraignit se manger l'vn l'autre, & ainsi moururent de faim auec extreme langueur.

B En apres ils en étenuirent d'autres sur des cordes fort bandees, pour les sier & fendre ainsi par le milieu, & les firent mourir en ce plus que barbare torment.

C Finalement ils en lierent d'autres à des poûtres des bois, & par derriere en allumerent des petits feux, à fin que par long torment peu à peu ils fussent ardez & consommez par feu.

Hor-

Horribles cruautez des Huguenots en France.

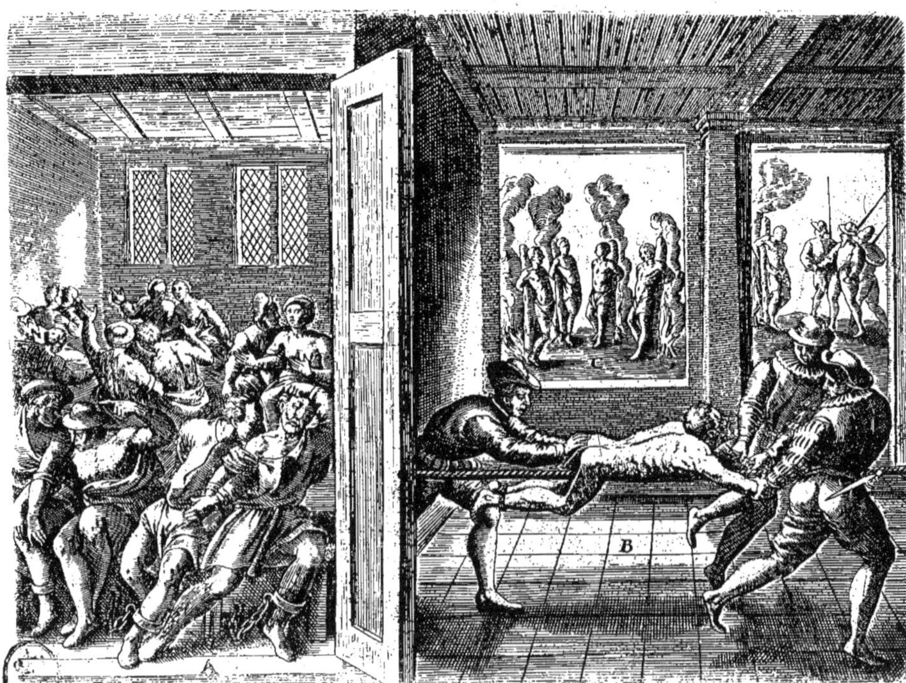

Les tourments infernaux aspres & execrables,
D'ont les poëtes vieux nous chantent en leurs fables,
Horribles se monstrants aux Barbares confus:
Voyci des Huguenots l'ardeur diabolique,
Cherchants diuers moyens pour le sang Catholique
Espandre, par tourments aux payens incognus.

LEs Huguenots qui etoient en garnison en la ville de Montbrun, visitoient souuant vne honnête & vertueuse damoiselle en sa maison à Marendat pres la dite ville. Elle, qui ne mancquoit de ciuilité, les y receuoit & traictoit auec autant qu'elle pouuoit, de courtoisie, pour les entretenir, afin qu'elle & ses subiects ne fussent par eux molestez.

A Mais ces Barbares depouillez de toute humanité, vn iour ayant souppé auec la dite damoiselle, la prindrent & contraignirent monter en vne chambre où ayant allumé du feu, y mirent des paeles de fer, desquelles toutes rouges de feu en brulerent les plantes des pieds de leur bonne hotesse: puis tournans les poinctes des dites paeles contre les iambes d'icelle, luy arrachoient la peau par eguillettes. La laissans ainsi tormentee, pillerent sa maison & se retirerent.

B Maistre Iean Arnauld, lieutenant general du Roy pour la iustice à Engoulême, fut de ceux qui furent arrêtez apres la prise de la ville. Ce bon iuge apres auoir eté fort mutilé & souffert beaucoup de miseres, fut finalement etranglé cruellement par eux à sa propre maison.

C Ils prindrent la veufue du feu Lieutenant criminel en la dite ville d'Engoulême, aagee de soixante ans, femme venerable: & l'ayant attachee par les cheueux, la trainerent inhumainement le long des ruës.

Horri-

Horribles cruautez des Huguenots en France.

Belle louange ici vous en raporterez
Qui force sus viellards & femmes exercez,
Il faut que vous ayez comme vaincueurs le pris:
Et non obstant qu'auez, à vostre aduis, victoire;
Tant plus du sang beuuez, tant plus en voulez boire,
Insatiables loups, iamais assés remplis.

A EN la Paroiſſe de Chaſſeneuil pres Engoulême ils prindrent vn preſtre nommé maître Loys Fayard, homme ſelon le rapport & témognage des habitans du lieu, de fort bonne vie & vertueux exemple, ils luy mirent les mains dans vne chaudiere pleine d'huille toute bouillante, & à pluſieurs foys ſi ſouuent & longuement, qu'en fin ſa chair cuite & ſeparee des os tomba. Et non contents de ſi cruel torment, luy verſerent de cette même huille bouillante dedans la bouche, & eux voyants que ce martyr n'étoit encores mort, le harquebuſerent.

B Ils prindrent vn autre preſtre nommé maître Colin Guillebant vicaire de S. Auzanni, lequel apres luy auoir couppé les parties honteuſes, ils enfermerent dedans vn coffre tout percé de trous de tairiere, puis verſerent ſur ſe pouure enfermé telle quantité d'huille toute bouillante, qu'il le feirent mourir en ce torment.

C En la Parroiſſe de Riuieres, ils en prindrent encores vn autre, auquel tout vif ils arracherent la langue par deſſoubs le menton, puis le tuerent. Semblablement à vn autre nommé M. Iean Bachellon de Lanuille ils écorcherent les piez auec fers chauds, puis luy coupperent la gorge.

Hor-

Horribles cruautez des Huguenots en France.

Le loup, du bon berger ſes gloutonnes entrailles
Remplit, pour mieux aprés deuorer les ouailles,
Car à gaſter les bons tend tout ſon apetit:
Et l'heretique aſſaut le chef & bon paſteur
Pour mieux mener les ſiens en tenebres d'horreur,
A quoy ils ſont pouſſez par le maling eſprit.

MAISTRE Simon Sicot vicaire de S. Hilaire de Montier, homme vertueux, aagé de 60. ans, etant trahi par quelqu'vn auquel il se fioit, fut mené prisonnier à Engoulême, &
A mis à rançon excessiue, laquelle ayant payee auec grande difficulté, le mirent, comme il pensoit, en liberté pour s'en retourner. Mais ce poure homme sorty par la porte S. Pierre, ces deloyaux enuoyerent apres luy l'vn dentre eux comme vn bourreau, qui l'acconsuyuit sur le chemin, & le prit; puis luy ayant creué les yeux, il luy tira la langue par dessoubz le menton.

B Maistre Guillaume de Bricailles, & vn autre prestre auec luy, furent pris par ces inhumains, puis penduz en vne caue par chacun vn pied: & pour les continuer en plus long torment, ils leur baillerent quelques foys à manger iusques à ce que l'vn fut expiré, puis tuerent l'autre.

C Ils prindrent vn autre prestre de la parroisse de Beaulieu, nommé maistre Pierre; lequel ils enterrerent tout vif iusques à la tete.

D Maistre Arnauld Durandeau vicaire de Fleac, aagé de 80. ans fut par eux egorgé, puis ietté dans la riuiere.

E Vn cordelier aussi de même aage, apres plusieurs reproches & iniures à luy faictes, fut precipité vif des murailles de la ville.

Horribles cruautez des Huguenots en France.

Or ce n'eſt pas aſſés d'endurer les tourments
Iamais ouys deuant, que font aux innocents
Les ennemis de Dieu, pour exercer leur foy:
Par peine prolongeant, font dilaier la mort,
Et par le long délay en redoublant le tort,
Augmentant leur plaiſir contre Nature & Loy.

MAITRE Octauian Ronier vicaire de Sainct Cybard d'eaux, tomba entre les mains de tyrans sans mercy: au-
A quel, luy ayans faict endurer vne infinité de maux & villennies, ils attacherent des fers de cheual aux pieds, puis le attacherent à vn arbre, & le harquebuserent.

B Maître François Raboteau vicaire de la parroisse de Foulcquebrune, fût aussy pris & attaché deuant les bœufs pour tirer la charrue, où il fût si cruellement picqué & fouëtté, que finalement il mourût en ce tourment.

C Ilz en harquebuserent vn grand nombre: entre lesquels, par le cōmandement du Capitaine Piles, furent Philippe du Mont Chirurgien, & Nicolas Guiuee drappier, attachez à vn arbre, où confessans constamment Iesus Christ nostre Seigneur, selon l'instruction saincte qu'ils en auoyent receu par son Eglise Catholicque, ilz moururent tirez d'harquebuses. Tellement qu'en ce diocese d'Engoulême en moins de deux ans furent martyrisez pour la foy Chrétienne, tant de l'vn que de l'autre sexe, tant Prestres, gentilshommes, damoiselles, que d'autres qualitez,
cxx. Martirs. plus de cent & vingt personnes.

Hor-

Horribles cruautez des Huguenots en France.

Lors que le tout puissant le genre humain creà,
Son propre image en luy & vif pourtraict formà:
De laquelle pourtant le meschant ne tient conte;
Les hommes faict tirer comme autres animaux,
Leur ferrant les pieds nuds, cõme on fait aux cheuaux,
Par mille maux l'abuse, & n'en a point de honte.

EN la ville de Houdan, au Diocefe de Chartres, les hereti-
ques ayans pris vn preftre, le menerent dans vne Eglife,
A où ilz le contraignirent de celebrer la Meffe en leur prefence,
pour s'en mocquer. Tandis que ce bon homme cõtinuoit cette
faincte action, ils le frappoyent par le vifaige à coups de poing
armez de gantelletz, & luy donnoyẽt de coups de poignard par
autres parties du corps. Cependant ce patient ayant le vifaige
tout meurtry, & le corps tout fanglant, continua l'action iuf-
ques à la communion, lors luy arracherẽt des mains le pretieux
corps de noftre Seigneur, & le calice où etoit le fang pretieux,
B & ayans ietté le tout par terre, le foulerent aux pieds. Puis atta-
cherent ce bon preftre au crucifix, & le harquebuferent telle-
ment, que luy qui facrifioit au Dieu fouuerain felon fon or-
donnance, luy fut même facrifié hoftie plaifante en témoigna-
ge de fidelité.

Au village de Floran pres faincte Menehoud, les compai-
C gnies du Capitaine Bethune ayans pris vn preftre, luy firent
fouffrir beaucoup d'iniures & vilennies: il fut cruellemẽt fouet-
D té, puis le Chirurgien des compaignies luy couppa les parties
honteufes, & le firent ainfi mourir. Et ce villain bourreau fe
17. Martirisez. ventá que c'etoit le dixfeptiême qu'il auoit accoutré de cette
façon.

Horri-

Horribles cruautez des Huguenots en France.

Cacher ne peut le mal qu'il porte en la poictrine
Le Tyran Huguenot; qui d'enuie mâtine
Se monstrant comme Juyf ennemy du Seigneur,
Le prestre ayant forcé à celebrer la Messe,
Misteres prophanant, & le batant sans cesse,
L'a mis finallement à la croix du Sauueur.

A Clery, apres auoir ruiné le dedans de l'Eglise, & pillé ce qu'il y auoit de precieux, tant reliques qu'autres choses
A seruantes au seruice de Dieu, ils rompirent aussy la sepulture du Roy de France Loys vnziesme de ce nom, brullerent les os d'icelluy, cõme voulãts effacer sa memoire. Mais ils n'ont épargné ailleurs les Ancêtres du Roy de Nauarre leur Chef, tant ils sont remplis d'inhumanité, ni semblablement la sepulture du Conte Iean de Engoulême, lequel fût de tresbõne & saincte vie.

En vn villaige dit Pat, distant six ou sept lieuës d'Orleans,
25. Martirs vingt & cincq Catholicques poursuiuiz de ces forcenez, se sau-
B uerent dans l'Eglise, n'ayans autre lieu de retraitte. En ce nombre il y auoit quelques enfans, lesquels monterent pour se sauuer dans le clocher. Mais les ennemis ayans bouté le feu à l'Eglise, ces poures enfans, contraincts par la flãbe qui les gaignoit, & la fumee qui les étouffoit, se ietterent en bas au dehors, & tombez entre les mains de ces tigres, furent par eux iettez dans le feu, où ilz finirent leurs iours.

C Ils lierent plusieurs Prestres auec les licols de leurs cheuaux, & les trainerent apres eux.

Horri-

Horribles cruautez des Huguenots en France.

La rage des malings ne laisse être en repos
Les os sacrez des saincts aux sepulchres enclos,
O rebelles mutins, en mesprisants les loix!
Leurs corps enseueliz par plusieurs ans passez
Brulé tu as en cendre, & puis en l'air iectez,
N'ayant aucun respect aux Seigneurs ny aux Roys.

A A Sainct Macaire en Gascoigne ils ouuroient les ventres des Prestres, & peu à peu enrolloient les entrailles d'iceux entour de battons.

B C Au même lieu ils enterrerent plusieurs Prestres tous vifz, & à coups d'épees taillerent en pieces les petits enfans des Catholicques.

Plusieurs martirs.

D En la ville de Mans ilz prindrent vn Prestre fort aagé, luy coupperent les parties honteuses, les feirent rôtir sur le gril, puis le contraignirent les manger; & pour voir comme il les digeroit, luy ouurirent l'estomach luy viuant, & luy feirent ainsi finir ses iours.

Horri-

Horribles cruautez des Huguenots en France.

Ces Tirans insensez n'estants iamais contents,
Inuentent tous les iours autres nouueaux tourments,
A leur ardant couroux ne suffit nulle paine:
Ilz s'esgaient à voir souffrir cruelle mort
Aux pauures innocents, qu'ilz font mourir à tort,
Monstrant par tel tourments leur tant mortele haine.

DV temps que François du Caſſé étoit Lieutenant pour le Roy de Nauarre en la ville de Bazas en Gaſcoigne, deux de ſes ſoldats ayans forcé vne femme veſue, la tirerent
A couchee ſur le doz, & luy emplirent la partie honteuſe de poudre à canon, y mirent le feu, ce qui luy feit creuer le ventre, & épandre ſes entrailles dehors, & rendit en ce torment ſon innocent eſprit à Dieu.

B Le Seigneur de ſainčte Colombe, le Capitaine Gohas, & vn grand nombre d'autres gentilshommes, s'étans renduz par compoſition au Conte de Montgommeri, qui les tenoit ſiegez, demeurerent neuf mois ſes priſonniers. Au bout de ce temps, qu'ils penſoyent ſortir à condition de leurs rançons, ce Conte leur fit vn ſoupper, où il les fêtoya, comme il diſoit, en amy, mais au partir de là, fit cacher gens en leurs chãbres, leſquels de nuičt les tuerent tous, contre la foy publique iuree, les ayans receuz, & ſi long temps gardé priſonniers.

C En la ville de Montbriſon, le Baron des Adrets fit precipi-
Pluſieurs martiri-ſez. ter pluſieurs Catholicques du haut d'vne tour fort haute en bas, & de peur qu'ils n'echapaſſent, ſes ſoldats par ſon commãdement les receuoiẽt en bas ſur la poinčte de leurs picques.

Horri-

Horribles cruautez des Huguenots en France.

Couure tant que tu peus par obscures tenebres,
Les meurdres que tu fais aux nobles gens celebres,
La vengeance pourtant de Dieu n'eschapperas:
De cette femme aussy les larmes que resueilles
Les hauts cieux penetrants viendront à ses oreilles,
Qui de son Trosne clair voit ce qu'on faict ça bas.

A L'IMPVDENCE & barbarie d'vn Huguenot fut telle, qu'il se fit vne chaine d'oreilles de prestres, laquelle il portoit à son col publicquement, & s'en glorifioit deuant les Chefs de l'armee.

B Ilz coupperent le nez, les oreilles, & creuerent les yeux à plusieurs prestres ministrants à Dieu.

C Ilz fendirent vn prestre par le ventre tout vif, en tirerent les entrailles, y mirent de l'auoine, & en firent vne mangeoire pour leurs cheuaux.

D Les heretiques de la ville de Nismes en Languedocq daguerent de sang froid vn grand nombre de Catholicques, & demy morts les ietterent dans le puis de l'Eueché, lequel est fort large & profond, & par deux fois l'en emplirent.

Plusieurs martirs

Horribles cruautez des Huguenots en France.

L'eſtable plein d'horreur de Diomede en Thrace
La cruauté n'a veu que la maudite race
Des Huguenots a faict ſans ſe ſaouler aſſez:
Voicy aux corps des morts font encor mille maux,
De leurs ventres faiſant repaiſtre leurs cheuaux,
Les ayant parauant cruellement tuez.

Iacqves Sore, Corſaire notable & remarqué pour ſes cruautez entre tous les pyrates, étoit, cõme il diſoit, Admiral de Nauarre, ſoubs l'authorité de Ieanne d'Albret nõmee Royne de ce Royaume. Cetuy voguãt vers les iſles de Madere & Canarie, decouurĩt quelque vaiſſeau Portugais tirãt vers l'Amerique, lequel il pourſuiuĩt, l'acconſuiuĩt & aborda, là dedans il trouua
40. *Martirs* quarante religieux de la ſocieté du nom de Ieſus, leſquels s'en alloient precher l'Euangille, & planter la foy Chrétienne entre ces Payens de la terre Breſilienne. Luy écumant d'alteration de ce ſang innocent, meurtrĩt, & fit meurtrir par les ſiens cette ſaincte compaignie, & les fit tous ietter dans la mer, les vns demy morts de coups de dague, les autres ayans les bras couppez, les autres aprés leur auoir fendu le ventre & arraché le cœur. Entre toute cette heureuſe trouppe il y eut le pere Ignace qui en étoit chef, lequel aprés auoir receu beaucoup d'iniures & traits
A de la cruauté de ces barbares inhumains, fût ietté en la mer, tenant entre ſes bras vn' image de la vierge Marie, mere de noſtre Sauueur, lequel il tint ſi ferme, qu'on ne luy peut faire lâcher, & rendit ainſi auec ſes cõpagnons ſon heureux eſprit à Dieu, couuert des ondes, auec pluſieurs ſacrez ioyaux & ſainctes reliques qu'ils portoient auec eux.

Horribles cruautez des Huguenots en France.

Ils ne brigandent pas seulement sur la terre,
Mais sur la mer aux saincts ils font aussy la guerre,
Du sang desquels tuez les eaux changent couleur:
Reiettants des Chrestiens la foy tousiours connuë
Empeschent qu'elle soit des payens entenduë,
A fin qu'en ignorance ils meurent, & erreur.

En

EN l'an de nostre Seigneur 1567. au monastere des Chartreux, appellé Bourfontaine, situé au Diocese de Suession, trois moynes prestres & deux freres laiz furent tuez par les hereticques, qui auec violence entrerent ledict monastere pour le piller, dont les noms icy s'ensuiuent.

Le venerable Pere Domp Iean Motot, vn des procurateurs, qui d'vn coup d'harquebuse a rendu son esprit à Dieu.

Le venerable Pere Domp Iean Meguen, fût tué d'vn coup d'harquebuse.

Le venerable Pere Domp Iean Auril, qui passant dans l'Eglise iusques à le grand autel, nauré d'vn coup d'harquebuse termina sa vie.

Frere Benoit Leuesque lai, dispēsier dudict monastere, estant pres la choeur faisant sa priere penitenciale, fut tué.

Frere Tibault aussy lai, pour le zele de nostre Seigneur, fut tué dans la sale.

Ces & les autres Religieux Prestres & laiz Catholicques susdicts, n'estans pas gens qui manient des armes: mais qui d'vne patience tresconstante ont souffert le martire, sont bien peu au regard de tous ceux qui par telles voyes de cruautez ont esté mis à mort en la plus grande partie des prouinces, villes & autres lieux de France. Sans parler de ceux qui par horribles trahisons des aduersaires ont esté meurdris. Entre lesquels ie ne puis passer soubs silence la mort de feu Tresnoble, loyal, vaillant & victorieux Prince François de Lorraine Duc de Guise: la mort duquel inuentee à l'école de Beza, fut perpetreé par le malheureux trahistre & huguenot Iean Poltrot. Telz & semblables exemples pourront être assez souffisants pour admoneter les saiges en cognoissant l'arbre par ses fruicts, d'euiter le même mal, & aux iniques donner remors de conscience, si il y a quelque espoir de repentance.

DE-

DESCRIPTIONS PARTICVLIERES

DE QVELQVES BARBARIES ET CRVAVTEZ PERPETREES

PAR LES REBELLES CALVINISTES,

GVEVS, ES PAYS BAS, SOVBS L'AVTHOrité vsurpée de *Guilliaume de Nassau*, Prince d'Orange, ennemy de Dieu, tyran contre *l'Eglise Catholicque*, & rebelle à son *Prince* naturel, legitime, & bienfaicteur.

Ils émeurent à couroux Moyse és pauillons, & Aaron le sainct du Seigneur. La terre s'ouurît & engloutît Dathan, & couurît la congregation d'Abiron. Et le feu s'esprint en leur assemblee : la flamme brusla les pecheurs. Pseaume 105.

REVEREND Religieux frere Nicolas Picqué, de l'ordre de S. François, Gardien de son Conuent en la ville de Gorcom, auec dix de ses freres, asçauoir F. Hierosme de Wert, F. Willade Dane, F. Nicaise Hese, F. Theodore Emden, F. Anthoine Hoornaer, F. Anthoine de Wert, F. Godefroy Meruelle, F. François Roo de Bruxelles, F. Pierre d'Asche, F. Corneille de Wyck, apres auoir receu & doucement souffert beaucoup de contumelies, furent enuoyez auec plusieurs autres en la ville de Briel: lesquels to⁹ souillez & barbouillez de fange, furẽt à coups de bâton menez par les soldats en procession à l'entour d'vn gi-
A bet, deuant lesquels vn impudent soldat portoit la croix, en se mocquant. Et finallement furent en nombre de dixneuf le 9.
B de Iuillet l'an 1572. de nuict penduz ensemble és pourtres d'vne vielle grange: puis ces tigres cruels contre les morts leur couperent les narines, les oreilles, leur fendirent les ventres, en tirerent ce qu'ils peurent de graisse, qu'ils vendirent par les pays. Auec les vnze sus-nommez furent M. Leonard Vechel Pasteur, M. Nicolas Popelius soubspasteur, M. Godefroy Duneus, autrefois Recteur de l'vniuersité de Paris, lors Pasteur de Gorcom, M. Iean Osterwyck, Pere des Religieuses du conuent du même lieu, M. Adrian Heluarenbeck, & M. Iacques Lucopius religieux de l'ordre de Premontré, vn pere de l'ordre des freres Prêcheurs, M. Andre Waltery, Pasteur en Haynort.

184. Martirs. En cette ville de Briel furent martyrisez par plusieurs fois iusques au nombre de cent quatrevingts & quatre personnes Ecclesiasticques.

C Ils abatirent l'image de Iesus Christ crucifié, qui étoit éleuée dans l'Eglise de Gorcom, selon la coutume des Chrétiens, & la pendirent au gibet.

Ils arracherent aussy la saincte hostie des mains d'vn prêtre en l'eglise de Goude en Hollande, & l'attacherent auec des cloux au gibet.

Barbares

Barbares cruautez des Guéus es pays bas.

Par nouueaux feuz tousiours accroit l'embrasement
S'il n'est bien tôt étainct tout du comencement:
De la Belgique ainsi comença la ruyne:
Les ornemens diuins & l'vn & l'autre enporte,
Tous sont d'vn même esprit, tous font de même sorte,
Comme ils ont veu à leur sacrilege voisine.

QVAND le Prince d'Orange auoit surprins la ville de Rurmonde au pais de Gueldres, ses soldats vindrent par violence dans le monastere des Chartreux, criants **Gelt/Gelt**, c'est à dire, d'argent, d'argent, & à l'entree furent tuez trois freres laiz, Albert Winda, Iean Sittart, & Estienne de Rurmonde:
A & courrans dans l'Eglise, y trouuerent le venerable Prieur Ioachim en sa deuotion auec ses freres, & l'ayant blessé, le menerent de là. Quatre des autres religieux y furent tuez: nommément Iean de Liege, & Seuerus Prestres, Henry Wellen & Frederic Doyens: tous les autres ont ils fort blessez.

B Ils prindrent Vincent Hercq frere lai, & le menerent dans L'Eglise, où se prosternant en genoux, disoit: O Seigneur Dieu que ie sois digne de mourir auec mes confreres; & ce oyant vn des soldats, luy donna vne grande playe à la tête, tellement que le sang coula fort haut contre vne muraille, où on le voit encore, & le tira à la rue, demandant s'il vouloit quitter sa religion, & se renger de leur coté, ils luy conserueroient sa vie: sur quoy resoluëment respōdit, plustôt vouloir endurer la mort, q̄ renier sa foy: & pria, *O Seigneur pardonnez à eux, car ils ne sçauent ce qu'ils font*, & le voyants si cōstant, l'ont tué des coups d'harquebuses.

C Au même temps fût martyrisé auec lesdicts religieux Paul Walwick Chappellain du Reuerendissime Guilliaume de Linden Euesque de Rurmonde, qui fuyoit audit lieu pour mourir auec si heureuse compaignie.

Le Prieur susnommé mirent à rançon de deux mil florins, & permirent aller à Cologne, où de ses playes & mal traictement, apres l'espace de six sepmaines, trespassa.

26. Martiri En cette ville de Rurmonde furent martyrisez iusques au nombre de vingt & six, tant religieux que Prestres.

Barba-

Barbares cruautez des Gueus es pays bas.

Ni ſainctete de vie, ni le ſang innocent,
Te faire auoir pitie ne peut aulcunement,
O gens malicieux! qui les autels ſouillez,
Prophanant lieux ſacrez, ſans pœur ou reuerence;
Du Seigneur là preſent tu ne crains la puiſſance,
Les habits des Chartreux de ſang rends tous mouillez.

LEs Gueux, ayans par surprinse gaigné la ville d'Oudenarde en Flandres, apprehendirent tous les prêtres, lesquels par leur vertu & doctrine furent les plus renommez de cette prouince, & les emmenerent au chatteau, & apres plusieurs cõtumelies & opprobres, ils prindrent Maitre Pierre homme venerable, & plus d'aage de tous, le depouillant de ses habits iusques à sa chemise, & lians ses mains & pieds ensemble sur le dos, le precipiterent d'vne fenestre dans la riuiere, & en la cheute prioit auec grand couraige & constance, disant: *Fiat voluntas tua Domine.*

A

Apres cecy ils ietterent en semblable maniere les venerables Iean Obstal, Paul Coye, & tous les autres : entre lesquels Maistre Iacques Obeyn fort aagé & debil, qui ne sçachant naiger, fût porté par la maree, & loing de là fut prins, & sa vie sauuee.

B

C Frere Iean Mahus, de l'ordre de S. François, hõme venerable, & auparauant designé Euesque de Deuenter, fût aussy par eux fort blessé, foulé aux pieds, & auec infinité d'autres villainies & opprobres le laisserent parmy la rue comme vne charoine vile & abiecte.

D En ce même Conté de Flãdres guere loing d'Ypre, ces Gueux barbares ont pris des prêtres, & les enterrerent tous vifs iusques à la tête, ausquelles ils iouerent à la boule.

Barba-

Barbares cruautez des Gueus es pays bas.

Le glaiue eſtant laſſé, la rage icy ſe change,
Et non ſaoulé du ſang, le fier bourreau ſe range
A changer les moyens pour les faire mourir:
Les vns precipitant dedans les roides eaux:
Et non contents encor par les tourments nouueaux,
Aux corps mis vifs en terre ils iouent à plaiſir.

LA ville de Delft en Hollande saisie, & le Prince d'Orange y étant arriué, prennoit pour son logis le monastere de S. Agata, dont étoit Pere Confesseur des Religieuses le venerable personnage Cornelius Musius, homme de grand' erudition, & excellent en poësie. Le Prince d'Orange feignoit auoir ce personnage en reuerẽce, & luy porter faueur, comme il étoit fort dissimulé en tous ses comportemens; mais son esprit cruel, ne pouuant plus contempler la face venerable de ce bon personnage, donnoit charge au Sieur de Lumay, de le depescher à sa volonté, & pour mieux venir au bout de ses desseings, on luy dõnoit congé de se retirer hors la ville où bon luy sembleroit. Mais ce bon homme s'étant mis en chemin, rencontra certains bourreaux qui le menerent auec eux pour le faire mourir auec tels torments qu'on auoit aduisé.

A Premierement ils le tormenterent de diuerses especes de tortures, puis le pendirent tout nud par les deux mains à vne échelle fort longue, le plus haut qu'ils peurent, & luy attacherent aux pieds vne grande pesanteur de poids, pour le tirer d'auantaige, & luy apposerent deux torches ardentes soubs les essailles.

B En apres ils le lierent couché sur le dos, & auec vn entonnoir luy emplirent le corps d'eau, puis le frappans à coups de baton, luy firent sortir cette eau par tous les conduicts ouuerts du corps.

C Cela faict, ils le pendirent par les deux gros orteils des pieds auec des cordes neufues, lesquelles luy enleuerent la peau & la chair, laissans l'os tout nud, & tomba lors son corps, fort debilité de tels torments, en terre.

D Et finallement ils luy coupperent les doigts & les orteils, & ainsy le menerent parmy la neige, rougie de ce sang innocent, dans la ville de Leyden en Hollande, & là le pendirent au gibet, où le corps, tout attenué de tant de cruautez qu'il auoit soffertes, son esprit vola ioyeux au ciel, auec la palme & couronne de Martyre le 10 de Decembre, 1572.

E Frere Engelbert vander Burgh, de l'ordre de S. François, fut pris en la ville d'Alckmar en Hollande, & entre autres tormens, son corps vif tranché tout au long auec des couteaux, comme vn pourpoinct.

F En la ville de Goude en Hollande, le Sieur de Lumay fit prendre deux bons Religieux; l'vn nommé frere Iehan Rikestel, Pere de la maison de Collation, & l'autre frere Adrien, Procureur de la même maison, les fit depouiller tous nuds, & contraindre en sa presence, par ses soldats à coups d'épee courir dans les buissons, entre les épines; puis les voyãt leurs corps tout dechirez & ruisselans de sang, les fit tuer.

Barbares

Barbares cruautez des Gueuz es pays bas.

Ta vraye pieté, ny ta docte ſcience
MVSI des Muſes fils, n'außi la reuerence
Que ton eſprit diuin par tout t'a faict tenir :
Mais tu es maintenant beaucoup plus glorieux,
Par treſcruelle mort, portant couronne aux cieux,
Pource que noſtre Dieu veut les ſiens garantir.

MAITRE Iean Ierosme d'Edam, auec quelques autres Catholicques de la ville d'Horne, furent pris par les Gueus & menez à vn lieu vulgairement dit Scagen, situé en Noort-hollande, là où apres auoir eté par huit fois terriblemẽt gehennez, dont quelques vns d'eux moururent, ils les lierent tous nuds sur le dos, & mirent sur leurs ventres des bassins à rebours, & dessoubs des rats vifs, & dessus le bassin firent de feu, & par la vehemence de la chaleur qui se resentissoit par de-
A dans, rongerent les rats de trous à leurs ventres, & fuirent dans le corps: par lesquelles tortures inhumaines ont ces heureux innocens dedié leurs ames à Dieu.

B Vrsula Talesia Religieuse au beguinaige d'Harlem, apres que son pere, homme de grand aage, & vn des Magistrats de la ville, auec plusieurs autres Catholicques de qualité furent penduz, elle fut menée dessoubs le gibet, & luy demanderent si elle vouloit quitter sa foy & religion, & se marier auec vn sold t. Ce que comme resoluement elle refusoit, la prindrent & ietterent dans l'eaue, où elle fût noyee.

C Sa sœur, femme mariee, plaingnant la mort de ses parens, aussy perseuerant à la même foy, eût la tête rompue d'vn coup d'vne pierre grosse, tellement que les cerueaux luy coulerent le long du visaige.

Barba-

Barbares cruautez des Gueus es pays bas.

Le Scythe tant cruel, ny les Barbares fiers,
Qui du mont Caucasin habitent les rochers,
Ny l'Hetrusque tyran, par enuieux venin,
Qui faisoit aux corps morts attacher les viuants,
N'eurent cœurs si felons, si cruels ny sanglants,
Comme a la rauissant canaille de Caluin.

PLVSIEVRS autres cruautez ont eté faites par ces Gueuz tyranniques, en la plus part des prouinces du pays bas, & principallement en Hollande, Zelande, Flandres, Brabant, Gueldres & Frize. Et si insatiable fût leur soif du sang innocent, qu'en l'an 1566. au mois de Iuillet, en vne assemblee à Sainct Trude in crypta par eux fût proposé, Qu'on massacreroit en vne nuict par tous les dixsept prouinces, toutes les personnes Ecclesiasticques. Ce que nostre bon Dieu par sa diuine prouidence leur n'a permis: auquel soit tout honneur, & louange, en toute eternité, Amen.

L'INQVISITION ANGLOISE,

ET

DESCRIPTIONS D'AVCVNES CRVAVTEZ MACHIAVELLIQVES EXERCEES EN ANGLETERRE, ET IRLANDE, PAR LES PROTESTANS

Caluiniſtes, ſoubs le Regne d'Elizabet, à preſent Regnante.

Nous ſommes mortifiez pour toy par chaſque iour: & ſommes eſtimez comme brebis d'occiſion. Pſeaume 43

En te leuant, tu auras pitié de Sion: car le temps eſt venu que tu ayes miſericorde de luy; car le temps eſt venu. Pſeaume 101.

A LEs Prêtres celebrants la Messe en lieux secrets, sont par trahison decouuerts & pris auec nombre des Catholicques assistans au sainct Sacrifice, menez rudement auec opprobres par les rues en prison.

B Maisons des Catholiques surprises & pillees de nuict, & eux mêmes saisiz & menez prisonniers.

C Prêtres celebrants la Messe pris, menez, montez sur des cheuaux en leurs habits sacrez par les rues, auec torches ardentes en plain midy, par derision.

D Catholiques garrottez deux à deux, transferez d'vne orde prison en vne plus sale & hideuse.

Perse-

Perſecutions contre les Catholicques par les Proteſtants Machiauelliſtes en Angleterre.

Les bons ont nul repos, touſiours propre eſt le temps
De nuict comme de iour pour nuire aux innocents :
La nuict eſt plus commode aux malings neantmoins,
Diables par le iour, eſprits nuiſifs de nuict,
Pillants les biens des bons, en prennant leur deduict,
Afin qu'il ſoit caché par faute de teſmoins.

PERES

PERES de la compaignie du nom de Iesus, Prêtres, Gentilshommes & autres Catholicques, torturez cruellement

A & d'étrange maniere dans la tour de Londre. A laquelle torture ils mettent principallement les Prêtres pour les contraindre par l'aigreur des torments de declarer ceux qui ont assisté au diuin seruice, & autres functions de la prêtrise Chrétienne.

B Ils fourrent des petits poinçons aiguz ou éguilles entre la chair & l'ongle aux prêtres.

C Ils meinent violemment les Catholicques prisonniers aux prêches des ministres hereticques

D Lieu qu'on appelle petit repoz, où ils mettent les Catholicques: lequel lieu est fort étroit, qu'on ne s'y sçauroit tenir debout, assiz, ny couché.

ENTRE *plusieurs autres tourments, lesquels en ce present liure ne sont pourtraits, i'ay trouué vn lequel ie ne puis passer en silence: à sçauoir, que peu de temps passé ils aient aucuns des Catholicques iettez en vne orde & abominable prison nommee* Bridewel, *laquelle est ordonnee pour punir & tourmenter les blitres & coquins, qui en ce lieu sont contraints de tourner certain moulin à bled. Donc entre telle canaille ils meslent les Catholiques, si bien les nobles que les ignobles, afin qu'ils facent vn même ouuraige à virer le moulin. Les Catholiques miserables en toute façon, non seulement sont subiects d'endurer iournellement les villainies & brocquards de ces rustres & vilains, mais aussy sont affligez & tourmentez à coups de fouët par les bourreaux & sergens, & par viue force contraints à tourner le dit moulin, & cependant on ne leur donne autre nourriture que de pain moisi & de l'eau.*

Perse-

Perſecutions contre les Catholicques, par les proteſtans Machiauelliſtes en Angleterre.

Qui tient la foy eſt traitre, & d'être Catholicque
Eſt trop horrible crime aupres de l'heretique,
De là vient la furie au Caluiniſt Anglois:
Sur la torture ils font les Prêtres tourmenter,
Les Catholicques preuds pour les faire accuſer,
A fin de les tirer en dangier de leurs loix.

VN ieune homme Catholicque, voulant ſortir d'Angleterre pour la liberté de ſa conſcience, & ſeruir à Dieu ſans danger de ces barbares torments, fut ſaiſi en vn port de mer, & mené priſonnier en la tour de Londres, où que tant de faim que de froid, & d'autres incommoditez, ils le laiſſerent
A mourir, & eux le dépouillants tirerent auec les vétements la chair de ce poure corps, laquelle laiſſoit les os.

B Engin de fer, lequel fait ployer vn homme tout rond comme vne boule, dans lequel ils mettent les Catholicques, & les y font tenir quelques heures.

C Meſſire Henry Perſy, Conte de Northumberland, Seigneur non moins vertueux que noble, quelques annees apres que le treſnoble Seigneur Thomas Perſy ſon frere auoit été decapité, pour auoir maintenu la foy Catholicque, fut empriſonné, & ſon innocence étant telle qu'on ne trouuoit cauſe ou couleur de le faire mourir publicquement, fut cruellement meurtry dans la priſon. Les hereticques feirent courir le bruit que luy même s'étoit tué d'vn coup de piſtole : mais la verité du faict a été cognue, & leur menſonge & barbarie découuerte.

D La maniere comme les Catholicques priſonniers ont les fers mis aux pieds.

Perſe-

Perſecutions contre les Catholicques, par les proteſtans Machiauelliſtes en Angleterre.

Ce qu'en cachette on faict le temps deſcouurira,
Et ny à tel ſecret qui ne ſe monſtrera,
Tout ainſi vient au iour cette acte inhumaine:
Les bons par trahiſon ſans cauſe on faict mourir
Mais il s'accuſera ſoy meſme le meurtrier,
Et ſelon ſes deſerts en portera la peine.

EN la ville de Yorck, le Conte d'Huntington, homme cruel, y étant Gouuuerneur pour la Royne, se mît à recercher & tormenter les Catholiques. Entre autres qui furent affligez, fût saisie vne tres-vertueuse femme nómee Margarite Midleton, épouse de Iean Clethero, bourgeois de ladite ville : elle accusee d'auoir receu les prêtres de Dieu en sa maison, & les auoir secouru de ses biens; mêmes qu'elle auoit receu en sadite maison plusieurs Catholiques pour assister à la Messe, & autres functions de la prêtrise Chrétienne necessaires au salut des hommes. Et pour ce qu'elle ne voulût répondre selon leur volonté, ne nommer aucuns de ceux la, pour n'étre cause de leur mort, & ne les attirer en telle misere de torments, ny pareillement faire naufrage quant à la foy, elle fut condamnee à la mort bien cruelle, à sçauoir, d'être pressee en la maniere que cette figure le montre. Laquelle sentence elle receut ioyeusement, & auec constance admirable disoit allant au supplice : *Le chemin est autãt court pour aller au Ciel par vne maniere de mort, que par vne autre.*

Elle fût depouillee de ses vétements, seullement luy fût laissee sa chemise, puis les pieds & mains liees, on la coucha par terre, étant mise soubs son doz vne pierre grosse & poinctue: dessus son corps on mît vn aix, sur
A lequel on posa des poids iusques à la pesanteur de mille liures, & fût ainsi son poure corps delicat froissé & rompu en pieces. Entre ces tormens elle se montrà par vne merueilleuse patience & constance armee & munie de la vertu d'en haut, de laquelle Dieu a tousiours assisté entre les barbares cruautez des tirans ses saincts & fideles témoins. Son mary, durant ce temps fût banny de la ville. Ses petits enfans, pleurans & larmoians la mort de leur fidele mere, furent apprehendez, & répondans quant à la foy, selon que sainctement elle les auoit enseignez, furent outrageusement & cruellement fouettez, & l'ainé de tous, aagé seulement de douze ans, fût arrêté, & mis prisonnier.

B Vn prêtre fût mis en des ceps de bois, les pieds en haut, où il fût detenu si long temps, que prêques par la puanteur de ses propres excrements il fût suffoqué.

C Fosses profondes dans terre pleines d'infection de mauuais air & puãteur, dans lesquelles on deualle les Catholicques, où le plus souuent ils sont suffoquez de tel air infect.

D En cette sorte toutes les prisons d'Angleterre sont remplies de fideles Catholicques.

Perse-

Perſecutions contre les Catholicques, par les Proteſtans Machiauelliſtes en Angleterre.

Et toy femme conſtante & treſſaincte & heureuſe,
Fais ton ſexe honorer par ta mort glorieuſe,
Par pierres & par poids ayant le corps preſſé:
Rien ne t'a empeſché de ton Dieu ſupplier,
Or qu'vn mont vint ſon poix ſur toy multiplier,
Tant ton fidele eſprit eſt aux Cieux adreſſé.

A ORElLLES percees aux prêtres auec vn fer chaud.

B Catholicques attachez à des charrettes, & fouettez par les quarrefours.

C Catholicques piloriez & attachez par les oreilles auec de cloux aux dits pilloirs, pour auoir eu pitie, & bien parlé de l'innocence des martirs & autres Catholicques affligez pour la doctrine Chrêtienne.

D Vn Catholicque saisi en la ville de Douuer, & enueloppé dans vne peau d'ours, fut ainsi meurdry des dogues, qui sont gros chien du pays.

E Catholicques menez deuant les gens tenans le lieu de la iustice auec les larrons, meurtriers & autres malfaicteurs.

Perſecutions contre les Catholicques, par les Proteſtans Machiauelliſtes en Angleterre.

La cruauté vêtant la robe de iuſtice
Soubs le maſque du droit, exerce ſa malice,
Sans reſpecter raiſon, foy, ou iuſtes querelles:
Le Iuge Caluiniſte ainſi par fouet & fer
Catholicques fidels vient touſiours tourmenter,
Qui ne peuuent mouuoir ſes iniuſtes oreilles.

DORMI-

DORMITIVS Hurleus, Docteur en l'vn & l'autre droict, ayant demeuré quinze ans en l'vniuersité de Louuain, & quatre ans lecteur en l'vniuersité de Reims, soubs l'authorité de Monsieur le Reuerendissime Cardinal de Guise Archeuesque de Reims : apres il s'en alla à Rome, où recogneu homme de singuliere vertu & pieté, fût par le Pape Gregoire treisiesme du nom, creé Archeuesque de Cassel en Irlande, sa patrie naturelle. Là diligemment retourné pour essaier de receuillir son trouppeau, rencontrà quelque petit nombre de Chrêtiens fideles, restez de tout le naufrage, fît selon les functions Episcopales le deuoir d'vn vray pasteur: & accusé d'auoir confirmé quelques enfans, fût saisi. On luy offrît premierement grandes commoditez s'il vouloit apostatizer, & renoncer la foy de Iesus Christ, mais luy ne pouuant être ébrâlé de telles promesses, ains leur offrant vne douce conference pour leur faire cognoitre leurs erreurs, & les en retirer; eux creuants de dépit & forcenerie, le mirent aux
A torments. Ils le botterent de bottes pleines d'huille, & lié le mirent en la façon que montre cette figure, deuant vn grand feu luy firent rôtir ses bottes es iambes, & cuire les iambes dans les bottes auec l'huile; tellemēt que luy tirans les bottes ils luy enleuerent la chair iusques aux genoux, laissans les os du tout decouuerts & nuds. Et le voyants, nonobstant tant & de si aigres torments, constant en la foy de nôtre Seigneur Iesus Christ
B & de son Eglise, en vn matin, enuiron les trois ou quatre heures, ils le pendirent auec vne osiere de bois, pour le faire plus longuement languir. Le bruit est, que pour certain en cette contree là au même lieu vne Damoiselle fût deliurée d'vn esprit maling.

C Patrice O-hely, de l'ordre S. François, Euesque de Maio, accompaigné d'vn autre Religieux du même ordre, fût pris & pendu en vn lieu nommé Kilmalock: & pour les faire manger par les loups, ou autres bêtes sauuaiges, les pendirent si bas que peu s'en falloit que leurs pieds ne touchassent à terre : toutefois les bêtes sauuaiges, plus humaines, & moins cruelles que les heretiques, ne leur toucherēt aucunemēt. Dont plusieurs s'étonnerent, veu que le pays abonde en bêtes cruelles, lesquelles cerchent tousiours quelque proye.

Perse-

Perſecutions contre les Catholicques par les Proteſtans Machiauelliſtes en Irlande.

Irlande, puis apres que l'Oceane mer
Peu loing de l'Angleterre en Iſle fait ſiſter,
N'étant pas des Anglois que bien peu ſeparee:
Mais ſeparee pas de cruelle voiſine,
Subiette à leur erreur, ſubiette à leur ruine,
Tant que l'vne ſi bien que l'autre eſt infectee.

A LA maniere comme ils trainent les Iesuistes prêtres, gentilſ-hommes & autres Catholicques ſur des clayes au lieu du ſupplice, tormentez de l'importunité des miniſtres hereticques pour les ſeduire ſur le poinct de la mort auec execrables blaſphemes & opprobres.

B Les Catholicques preſts d'être executez, ſont interrompuz en leurs ſainctes prieres & meditations, on les traine pour leur faire voir le piteux ſpectacle des barbares cruautez exercees contre leurs compagnons deſia martyriſez.

C Etans penduz auant qu'ils ſoient étranglez, on retire la charrette ſus laquelle on les faict monter pour les attacher au gibet, puis on couppe la corde pour les ietter en terre.

D De la on les tire pres vn grand feu, où reuenuz à eux, on leur couppe, eux encores viuants, les parties honteuſes, on leur fend le ventre, on en tire hors les inteſtins, qu'on iette dans le feu, puis on met le corps en quartiers.

E On met leurs têtes & les quartiers des corps dans vne grande chaudiere bouillante, puis on les met es portes de Londre & autres lieux.

Perſe-

Perſecutions contre les Catholicques par les Proteſtants Machiauelliſtes en Angleterre.

Par noſtre ſang coulant nous confirmons la foy
De Chriſt, & des ayeulx l'inuiolable loy,
De ſon Egliſe auſſy la guide & gouuernance,
Qui aux vrais ſucceſſeurs de Saint Pierre a eſté
Guidant l'Egliſe à Rome, & ſon autorité
Ne peut, Antipapeſſ', tomber en ta puiſſance.

MARIE Sereniſſime Royne d'Eſcoſſe, & legitime heritiere de la couronne d'Angleterre, Douairiere de France, par le deces de François ſecond du nom, Roy treſchreſtien des François de memoire louable, duquel elle fût épouſe, fille de Iacques cincquieme, & mere de Iacques ſixieme, à preſent regnant Roy d'Ecoſſe, extraicte par ſa mere de la treſilluſtre maiſon de Lorraine, moleſtee par les heretiques en ſon Royaume, leſquels n'épargnent leurs Princes naturels, qu'ils ne leur facent ſentir combien eſt barbare l'hereſie, laquelle dépouille ceux qui en ſont infectez, d'humanité; ſe retira en Angleterre à la ſemonce de la Royne Elizabeth, auec promeſſes iurees, ratifiees par ſignals de paix, & amitie perpetuelle. Mais comme l'infidelité eſt le premier fruict que produit l'hereſie, auſſi fût elle treſinfidelemẽt traictee. Car nonobſtant toutes telles promeſſes faictes auec ſerment, ſi tôt qu'elle eut le pied en Angleterre, elle fût miſe en arrêt, & menee priſonniere: où cõtre tout droict diuin & humain, veu qu'elle n'étoit priſe par guerre, & que les égaux & pareils n'ont aucune iuriſdiction l'vn ſur l'autre, elle fût detenue par l'eſpace enuirõ de vingt ans priſonniere, pluſieurs fois changee de lieu pour l'incommoder. Finallement demeurant conſtante en la foy & religion de noſtre Seigneur Ieſus Chriſt, & de ſon Egliſe Catholicque, elle fût contre la foy iuree, & contre le droict des gens decapitee au chateau de Foderingham, par le commandement de cette inhumaine meurtriere des Saincts, l'an mil cincq cents quatreuingts & ſept, le dixhuitieme de Feburier. Cette bonne Princeſſe étoit douee de grands dons du ciel, & au corps & en l'ame, & n'y auoit perſonne tant deſtituee d'humanité, qui la voyant, ne l'admirât, & n'en eut pitie & compaſſion. Mais cette cruelle meurtriere, ne la voulut onc voir, de peur qu'étant émeue de l'excellence de cette Princeſſe, elle ne peut humecter de ce ſang innocent & royal ſon eſtomach & ſes polmons perpetuellement alterez du ſang des fideles membres & ſeruiteurs de noſtre Seigneur Ieſus Chriſt. La conſtance & fidelité de cette Royne, martyre du fils de Dieu, l'ont rédue tres-recommandable au ciel & en la terre. Son hiſtoire ſera plus amplement d'écrite en autre lieu. Ce pendant nous prions le Dieu tout puiſſant, treſiuſte vengeur des iniures faictes à ſon ſainct nom, & cruautez exercees contre ſon Egliſe, faire iuſtice de cette barbare tirannie, & mettre le glaiue de ſa vengeance en la main des Princes & monarques Chrétiens, pour en faire l'execution. Ainſi ſoit il.

Perſecutions contre les Catholicques par les Proteſtans Machiauelliſtes en Angleterre.

Apres mille torments, & morts innumerables,
Qui t'ont eſté monſtrez des poures miſerables,
Voicy que pour la foy le coup de hache donne
A fille mere & ſeur & femme auſſy des Roys,
Laquelle ayant eſté Royne des Eſcoſſois
Auec le Roy des Roys a maintenant couronne.

LES NOMS DES MARTIRS QVI ONT ENDVRE SOVBS ELIZABETH, ET QVI SONT MORTS GLORIEVSEMENT POVR LA FOY CATHOLICQVE.

L'AN 1570. 71. 73. 77. 78. 81. 82. 83. 84. 85. 86. 87.

PRESTRES.

Thomas Wodosius.
Cuthbert Maine.
Iean Nelson.
Euerard Hanse.
P. Edmond Campion.
Rodolphe Ceruine.
Alexander Briant.
Thomas Forde.
Iean Schert.
Robert Jonson.
Guiliaume Philbe.
Lucas Kirby.
Laurens Richardson.
Thomas Cottam.
Iean Pain.
Guiliaume Lacy.
Richard Kircman.
Jacques Tomson,
Guiliaume Harte.
Richard Threlkeld.
Iean Moudin.
Iean Nutter.
George Hadoc.
Iacques Fenne.
Thomas Hemerford.
Thomas Alfeld.
Iaques Belle.
Hugues Tailler.
Edouard Stransam.
Nicolas Wodsin.
François Englebe.

Il y a plusieurs prêtres que l'on a faict mourir depuis peu de temps ença: comme: m. Louvve, m. Adams. m. Dibdalle. m. Anderton. m. Marsden, & autres dont ne sçauons encores leurs propres noms.

LES LAYZ.

Thomas Percey Conte de Northumberland, duquel le frere Henry Conte du même lieu, n'a pas long temps, a eté meurdri en la prison.
Iean Storie Docteur en droict.
Iean Felton Gentilhomme.
Thomas Schervvod.
Iaques Laburne Gentilhomme.
Iean Finche.
Richard Whyte.
Iean Bodey.
Iean Slaid.
Thomas Webley.
Guiliaume Carter.
Margarite Midleton.
Marmaduc Bous, Gentilhomme.

Plusieurs autres Catholicques, tant Prêtres que Laiz sont morts tant de faim que de froid & puanteur, par ces hideux prisons qui sont par tout l'Angleterre pour le present remplis des Catholicques.

La Serenissime Royne d'Escosse chassée de son Royaume par les hereticques, vingt ans tenue prisonniere par eux, à la fin, contre tous droicts des Princes Chrestiens, a par eux été decapitee en la prison.

EPI-

EPILOGVE.

C'EST assez contemplé les cruautez horribles
Nul age onc ne montrà des meurtres plus te
La malheureuse rage en tout ayant oté
Le sens à l'heretique, & toute humanité,
Nul n'a peu echapper sa furie cruelle,
Iusques aux innocens qui tettent la mammelle.
Au viellard n'a seruy d'estre blancq & chenu,
Ny venerable aussy pour la rare vertu;
Ny beauté ny bonté n'a peu seruir aux femmes,
Pour les garder des maux, ny la noblesse aux Dames.
La vraye reuerence en cas si iuste & droict,
Ny le Iuge eternel son esprit ne conçoit,
Tant de meurtres mechants n'ont esmeu son courage
Ny de sang assouuy la ferueur de sa rage;
En massacres, & morts commis en lieux diuers
Etranges, & sanglants, l'Heretique peruers,
En ce Theatre icy clairement nous demonstre,
Que nul age passé n'eut pareille rencontre.
Icy nous l'auons veu par cruelle rigueur,
Sur les corps deia morts exercer sa fureur;
Nous auons veu des Roys les os bruller en cendre,
Nous auons veu le sang sur les autels respandre,
Les misteres sacrez auons veu profaner,
Par mains tainctes de sang les temples ruiner.
Et puis que veux tu dire Hereticque execrable?
Oses-tu bien montrer ta face detestable?
As-tu quelque couleur pour ta cause farder?
At-tu quelque raison pour ta faute excuser?
Peut estre tu diras, qu'entre ta gent fidelle
Plusieurs ont enduré la mort plus que cruelle,
Confirmant par leur sang ton abus mal fondé:
Mais tu te trompes bien, ton sens est egaré;
De leur mort à la nostre il y à bien à dire,
Car toy par tes erreurs voulant les bons seduire

Par

Par les loix du pays, & par iuste raison
De ton fait déloyal as porté le guerdon;
Par fer l'on a taillé ton cancre corruptible,
Par feu l'on a bruslé ton venin trop horrible,
De peur que le corps sain & sans infection,
Ne fût par ta poison mis en perdition.
Nous pour la vraye foy, & pure conscience,
Pour seruir le vray Dieu mourons en innocence;
Toy par droict & proces d'vn iuste iugement
Coulpable es condamné au merité tourment:
Mais par rage, & rigueur tu nous as fait outrage,
Sans iuge & sans proces, sans aucun tesmoignage.
Nous te voyants perir en auons eu douleur,
Encores que tu sois de ta mort même autheur;
Et auons eu plaisir quand plein de repentance
Ta faute confessant tu receus deliurance.
Ta cruauté barbare iamais ne peut flechir,
Ny tant de sang voré ne te peut assouuir;
Car tant plus tu en bois, tant plus ta soif augmente,
Et ton ventre affamé iamais ne s'en contente;
En l'auallant tu prens si grand gout & plaisir,
Que ton creux estomach ne s'en peut abstenir;
Tes rebelles mutins qu'on brusle par iustice,
Sont ennemis de Dieu & seruiteurs du vice,
Mechans, & ignorans que c'est de vraye foy,
Sans ordre & sans raison, n'ayans aucune loy,
Par noueauté du droict seduisans la commune,
Rempliz d'obscurs erreurs sans apparence aucune,
Dommageables par tout, gasteurs des bonnes mœurs
Mettans par tout debat comme vrays querelleurs,
Rebelles mal-heureux, & du bon blé la paille,
Bourbe, escume, excrement d'vne vile canaille.
Mais nos vaillants soldats sont plus honnestes gens,
Par sang ennoblissans le sang de leurs parens,
Par mort montans aux cieux, où que leur saincte race
Sa source a prins, & où en gloire ils auront place.

Entre

Entre ceux-la voit on les Prêtres consacrez,
Et ceux qui sont entre eux freres confederez,
Les bons bergers eleuz, qui par la croche & mitre
Sur le peuple à bon droict portent d'honneur le tiltre,
Tant d'autres gens sçauans douez de grand sçauoir,
Suffisans pour regir tout le mondain terroir:
Le sacrifice encor d'Escosse épouentable
Et la hache taillant la teste venerable
Qui de double couronne auoit le front bandé,
Dont oncq siecle ne vid semblable cruaulté;
Et la posterité comptera pour merueille,
O Royne, ton trespas, qui n'euz onc ta pareille.
Mais sans crime mourant, plus grand est ton honneur,
Immortel est ton nom, & la foy de ton cœur.
Dis moy, o toy bourreau, villain, cruel, & lache,
Que pouuois tu penser quand tu leuois la hache
Pour le chaignon sacré d'vne Royne frapper,
Que tes sanglantes mains ne meritoint toucher?
Si le victorieux soldat venu de Rome
S'estonna de tuer ce cruel & fier homme
Marius le Consul, estourdy par sa voix,
Pour l'auoir veu dompter les Germains autre fois:
Comment as tu osé ainsi priuer de vie
Celle Royne d'honneur, la constante Marie?
Sans que sa maiesté ton bras n'aye estourdy,
Ou qu'en son noble corps ton glaiue n'ait failly?
Helas! comment gis tu, o Royal corps sans teste!
Qui sur tout Royal sang te monstrois tant honneste!
Mais Dieu, Dieu tout puissant luy même vengera
Si grand forfaict vn iour; Ou resuscitera
Vn nouuel Hercules, qui remply de victoire,
De ces felons Tyrans ottera la memoire,
Et vengera la Royne occise mechamment
Par l'hostesse pariure, amenant hardiment
Ses vaisseaux sur la mer, pour purger la contree
De son sang allié cruellement souillee.

Qui ne craindra iamais le sceptre de Boullain,
Lignage incestueux yure de sang humain:
Mais comme vray Dauid, aidé de main diuine,
Pour garder son trouppeau de toute mort indigne,
Il mettra soubs ses pieds par son bras triumphant
La Lionnesse infame à l'Ours ord se couchant.
Toy donc plus qu'aueuglee, & peruerse heresie
Par ces spectacles sois en fin mieux aduertie;
Que tes propres forfaicts te facent auoir peur,
Et honte, s'il t'en reste. Or ta fraude & erreur,
Tes finesses par tout au monde sont ouuertes,
Aussy tes cruautez ores sont decouuertes;
Ton corps ia despouillé de la peau du Mouton,
Demonstre que tu es le loup faux & felon.
Mais la terre en souspire, & la haute nuee
Du sang des innocens a receu la fumee,
Dieu a des bons ouy les larmes & les cris
Et ne delaissera ses guerriers de grand pris,
Il les guerdonnera pour leurs maux & desastres,
Les collocant aux cieux, par dessus tous les astres.
Et son eleu trouppeau rachatté par son sang
De la bouche d'enfer & des mains de Satan,
Tousiours il couurira soubs sa saincte defence
Contre ta faulse rage, & toute violence.
Ton cas n'est pas ainsi mechante impieté:
Car ton destin est tel, que pour ta cruauté
En fin seras à droict cruellement punie
Auec tes adherens en l'ensuiuante vie.

I. B.

Precieuse est en la presence du Seigneur la mort de ses saincts. *Psalm. 115.*

CON-

CONCLVSION.

AYANT iuſques icy (lecteur Chrétien) mis deuant voz yeux ces diuers horribles & ſanglants ſpectacles , & à la fin venant à cette meſchanceté prodigieuſe, ſçauoir eſt, à la mort & martire d'vne Royne ſacree oincte & couronnee ; ie m'ay bien voulu icy arreſter auec ce peu de diſcours. Car de vouloir eſcrire par le menu les martires que tous les Catholicques de noſtre aage ont enduré par les heretiques, ſeroit vn œure infiny, & labeur de long temps de les receuillir, veu encore qu'il eſt du tout impoſſible d'auoir la certaine cognoiſſance de tous les horribles cruautez qu'ils ont perpetrez par toute la Chrétienté.

Vous auez ſeullement icy aucunes ſortes de diuers exquiz tourments, deſquels ces deformez reformateurs ſe ſont delectez d'affliger tant grandement le peuple de Dieu, l'horreur deſquels eſt merueilleux au monde, & ſera admirable à toutes poſteritez.

Et iaçoit que touſiours la Diuine Maieſté ait tant regardé auec ſes yeux miſericordieux ſon peuple, qu' au deluge des perſecutiõs il leur ait baillé vn courage inuincible & conſtance reſoluë ; ſi a elle neantmoins encores adiouſté teſmoignage notable de ſa clemence & miſericorde, à fin que noz perſecuteurs, ſes fleaux, ne ſe glorifieroient touſiours du triumphe de leur inſolence, diſant: Où eſt leur Dieu? Car pluſieurs d'eux quand ils étoient au plus haut degré de leur tirannie, Dieu les a reprins, deietté & auec honte & ignominie abaiſſé : dont auſſy bien pour être ſoulagement aux affligez, comme terreur aux perſecuteurs, il ne ſera choſe impertinente de reciter quelques exemples du iuſte iugement de Dieu tombé ſur aucuns autheurs & chefs principaux d'eux.

ALLEMAIGNE.

ET premierement ie comenceray à dire de *Iean Fredericq Duc de Saxe*, qui fut le principal Prince qui fauoriſoit Luther. Cettuy-la ſe mettoit en armes cõtre le victorieux Empereur Charles le cincquieſme, & a été auec tout ſon exercite totallement defaict, luy même nauré & pris fut priué de ſa duché, laquelle n'eſt encores preſentement poſſedee par ſes ſucceſſeurs.

ANGLETERRE.

HEnry huictieſme de ce nom, *Roy d'Angleterre*, qui ſe ſeparoit de *l'Egliſe Catholicque*, pour repudier ſa femme legitime, & de prendre vne nõmee Anne Bolein, mere d'Elizabeth à preſent regnante, fit vn peu aprés decapiter cette même Anne, conuaincue d'abominable adultere: depuis il se marioit & remarioit selon sa fantasie, tuant femmes & amis, iusques à ce qu'il tomboit en tel torment de conscience, qu'il cherchoit par trois fois de se reconcilier au Pape. ce que Dieu n'a permis pour sa plus grande punition : ains par grande tristesse & remors de conscience vint à mourir. Et luy qui sans aucune craincte de Dieu fit violer & enfraindre les testaments & dernieres volontez de tant de saincts personnaiges, eut son propre testament falsifié deuant que ses membres furent roides par la mort, & sa lignee est à cetheure quasi du tout étaincte.

T*Homas Cromvel* premier incitateur & conseillier à ce Roy d'inpugner l'authorité de l'Eglise, & de se cōstituer premier chef d'icelle, auec tant de sacrileges, fût à la fin l'autheur & promoteur d'establir certaine loy par laquelle étoit ordonné que quiconque feroit accusé de trahison, feroit condamné & mis à mort, sans venir à sa réponce; luy même fut le premier de tous qu'on executa par la rigueur de cette loy, & par commandement de ce Roy auquel il auoit esté conseillier.

APres la mort de ce roy Henry, *Edouard Seamer Duc de Somerset* fut faict protecteur de son fils Edouard sixiesme, aagé de neuf ans, & de son royaume: cettuy la abolît la messe & religion que le feu Roy auoit fortement maintenue, & étoit le premier qui introduict publiquement le Zwinglianisme, que le Roy au parauant auoit eu en haine plus que toutes les autres heresies. Ce Duc icy, combien qu'il fût oncle du ieusne Roy (du costé de sa mere) & gouuernat luy & son Royaume, estant accusé de fellonie, fût condamné & decapité.

Escosse.

I*Aques Conte de Morray*, fils bastard de Iacques le cincquiesme de ce nom, Roy d'Ecosse, qui non seullemēt auoit donné conseil en la mort du Roy Henry, ains maintenoit les heresies, & machinoit rebellion contre la royne Marie sa femme, laquelle il auoit chassé hors de son pays, fut en la ville de Lithquo (combien qu'il fut accompaigné & muny de cinc cens hommes à cheual) tué parmy la rue en plein iour d'vn coup de pistole, & l'autheur de cette entreprise eschappa. Par où apert combien est different le succes d'vn qui tue vn tiran, de celluy qui par trahison meurdrit vn bon Prince. Car Poltrot le traitre qui auoit meurdry le tresillustre Duc de Guise, loyal seruiteur de son Roy, prenoit telle oportunité qu'il s'eschappoit. Mais en cela reluit toutesfois le iugement admirable

rable de Dieu: Car le lendemain apres, il tomba imprudement es mains de ses ennemis, qui le prindrent & mirent au supplice qu'il auoit merité.

IAques Duglas, Conte de Morton, en ce même royaume d'Escosse fort grand defenseur de l'heresie, & persecuteur des Catholicques, fut de telle authorité qu'il gouuernoit le Roy à present regnant, & son royaume: cettuy la fut accusé de plusieurs trahisons, & principallement qu'il auoit consenty en la mort commise desia plus de quatorze ans, du pere du Roy, & qu'il auoit marchandé de deliurer ce ieune Roy en Angleterre, & étant conuaincu de cette mechanceté, fût par les principaux Seigneurs du pais iugé à la mort, & en apres decapité en la ville d'Edéburg.

FRANCE.

EN France le *Prince de Condé* portant les armes contre le Roy treschrestien en defence de l'heresie, fût en la fleur de sa ieunesse occis en campaigne.

GAspar de Colligny Admiral de France, apres qu'il auoit maintenu & defendu son heresie par rebelliõ, & plusieurs actes d'horrible cruauté, à la fin contraignoit le Roy à faire paix à conditions dures, & fit son entree en la ville de Paris auec si grand train, qu'il sembloit être plutost roy que subiect. mais apres peu de iours on l'a veu trainer parmy les rues sans teste, & lié à la queuë d'vne iument, & finallement fut pendu au gibet.

LE *Seigneur de Montgommeri*, ayant échappé le massacre de Paris, & prins la fuite en Angleterre, vint de la en Normandie, & surprint par finesse vn chasteau, lequel étant bien tost repris, il fut mené à Paris, & là executé.

PAYS BAS.

LE *Conte Lodowic* frere du Prince d'Orange, vn des principaulx autheurs de la rebellion des Gueux au pays bas, ayant perdu la battaille au champ de Mocque, & s'étant fuy en quelque maisonnette pour se sauuer, icelle par fortune brullant, y fut dedans tout vif bruslé.

EN cette même battaille fut aussy tué son frere *Henry*: comme au parauant son troisiesme frere *Adolphe* fut defaict en Frize.

LE *Seigneur de Lumay*, dict Conte de la Marche, mais plustost bourreau du Prince d'Orange, apres qu'il auoit cruellement faict meurtrir quelques cents de religieux, prêtres & autres Catholicques tant en Hollande & Zelande qu'autres lieux, fut en fin mordu d'vn sien dogue d'Angleterre, dont miserablement enragé il morut en la ville de Liege.

LE *Prince d'Orange*, principal autheur des calamitez du pays bas, incitant le peuple à rebellion, & de prendre les armes contre leur Roy, perpetroit plusieurs sacrileges, homicides, pariurements, trahisons, & infinies autres iniquitez: luy ne pouuãt être émeu par la malheureuse mort de ses trois freres, ny par la mort de tãt de milles pour cette même cause tuez, ny les attentats qu'on auoit faict par deux fois contre sa propre personne, comme l'endurcy Pharao persistoit en son iniquité. Et étant de courage si vil en sa cause inique, que iamais il n'osoit en campagne montrer tête à ses ennemiz, ains se tenoit tousiours dedans les villes fortes, & bien munies: si n'a il toutesfois sceu euiter la iuste vengeance de Dieu. Car tiré d'vn coup de pistole par vne malheureuse mort finit sa miserable vie.

ET combien que le vaillant & magnanime soldat *Balthasar Gerard*, qui luy auoit donné le coup pour le seruice de Dieu & du Roy, n'eschappat; tant plus en cela est à admirer la prouidence diuine, & sa renommee plus celebre, que s'il fut échappé. Car il a patiemmẽt & d'vn cœur resolu & allegre, sans se regretter, souffert tant de sortes de torments qu'oncques personne auparauant n'a souffert auec tant de courage & constance.

On y pourroit adiouster plusieurs exemples d'autres d'importance, sans encores tant de milles tuez en diuerses battailles, où ny en France, ny en Flandres, ny ailleurs ils n'ont gaigné vne seule victoire notable.

Et l'ancienne & noble natiõ des Allemans, que iadis portoit le nom de Bellicqueuse, & auoit remply le monde de sa gloire & prouesse, combien elle en est decheute, & a perdu sa gloire au faict de guerre, depuis ce tẽps la qu'elle a embrassé les heresies: & au cõtraire, de combien de puissance, richesses & victoires fleurissent les nations qui à present maintiennent & defendent l'ancienne foy Catholicque contre les rebelles & heretiques.

Et si quelque Prince ou estat hereticque se vante arrogamment, comme la femme en l'Apocalypse, yure du sang des saincts, disoit: *Ie suis*

aßise

assise comme Royne, & ne suis point vefue, & ie ne verray pas dueil. Apoc. 18. que leur souuienne, que apres toute sa tranquillité la punition terrible subitement suruenoit ; & qu'ils contemplent ces horribles exemples des malheureux fins de leurs tirannicques ministres & amis confederez, l'honneur desquels s'est euanouy auec eux : mais l'honneur & gloire de ceux qu'ils ont affligé reluira perpetuellement aux cieux & en la terre.

Toute cette fausse volupté que les hereticques à soy en peu de temps augmentent par actes infames & mechancetez horribles, est meslee auec grande craincte & perils. Car il leur faut sçauoir toutesfois que l'equité & la verité font le guet pour manifester & venger leurs actions. Bref de quelque sorte qu'ayt esté leur commencement & progres, la fin portera la charge de tout.

Vous donc Roys qui tenez les sceptres en voz mains,
Qui ployez soubs voz loix & iugez les humains,
Craignez le Dieu viuant, aprennez discipline,
De peur que son courroux ne vienne à s'allumer :
Car de bref sa fureur doibt perdre & consumer
Tous ceux qui de l'Eglise auancent la ruine.

FIN.

PROLOGVE.

DES TRAGEDIES REPRESENTEES AV THEATRE DE LA CRVAVTE DES HERETIQVES.

MEssieurs, nous auons dressé ce Theatre, affin de vous representer les miserables tragedies que les heretiques ont iouées en nostre Europe, & pour vous faire voir ce qu'ils ont commis & perpetré tant en Flandres qu'en Angleterre : mais particulierement au Royaume de France autrefois le prince & le Roy & le plus Chrestien de tous les Royaumes de la terre. Je croy que vous n'attendez pas de voir par le menu tout ce qui s'est passé depuis que Luther publia son sanglant Euangile, aussi ne voudrions nous le vous promettre, veuque il ny a bouche qui le peust declarer, main qui le peust escrire, n'y esprit qui le peust cõceuoir, tãt s'en fault qu'il y eut taille qui le peust representer à voz yeux. Mais nous auons pensé que vous donnant vn eschantillon des actes horribles qu'ils ont cõmis en ces prouinces, vous pourriez facilement iuger quel seroit le reste de la tragedie. Que si vous pensez que ce spectacle ait esté inuẽté pour vous donner du plaisir, nous vous suppliõs de nous pardonner: Car au contraire nous entẽdons tirer les larmes de voz yeux, les plaintes de vos bouches, les souspirs de vos cœurs, & les sanglots de vos poitrines, si ce n'est que vous soyez sans yeux, sans bouche, sans cœur, & sans poitrine, & qu'il ne reside en vous aucune humanité. Ou si vous auez des yeux que ce soient yeux de Taupes, que vos bouches soient bouches de poissons, vos cœurs soient diamants, & voz poitrines quelques Rochers plantez sans s'esmouuoir au millieu des vndes. Nous ne voulons pourtant vous oster vn plaisir que nous entendons vous faire receuoir: C'est que voyant les actes meschants qui vous seront icy representez, vous lourez Dieu d'estre demeurez en la Religion Catholique nourrie de douceur, d'amour, & d'humanité, & de n'auoir esté les instrumẽs de Sathan à iouer cette cruelle & miserable tragedie. Quant à la pareure du theatre elle est toute de rouge: Car le subiet plain de cruauté ne reçoit autre couleur: le sang y coulle de toutes parts, il ondoye par tout, il regne par tout, il ne s'y parle que de feu, de sac, de meurtres, de carnage, de brigandage, d'impietez, de monstrueuses inhumanitez. Vous y verrez les ioueurs se plaire à respandre, à verser, à tirer le sang humain, s'y baigner, s'y estuuer, se resiouir en l'abondance. Plus il fume plus il est souuerain. Le sang des ieunes Seigneurs, des Gentils-hommes, c'est le sang qu'ils cherchent, plus on en respand plus il y a de ioye: Car le sang du peuple versé en quantité leurest trop vil, ils en font paille, c'est pour les valets. Imaginez vous les Chiens en leurs curées qui plongent le nez au sang des bestes, qui rompent, qui deschirent, leurs entrailles, qui les deuorent auidemment, & qui rouges & vermeilz de toutes parts, s'esiouissent en leur carnage, & fretillans la queue s'esgayent aux appetits d'vn si furieux repas. Tels verrez vous les heretiques sur ce Theatre sanglãts, fumeux, poudreux, reuenans de la Chasse des Catholiques à qui le sang regorge par la bouche & par les oreilles, & par tout, & qui les ayans abatus, esuantrez & escorchez, se fourrent en leur sang, s'y plongent par dessus leurs oreilles, & en font des souppes, se gorgent de leur chair, & s'ils sont saouls, y amenẽt les bestes brutes pour auoir part à leur massacre: Celuy qui a composé les ieux est Sathan: pere cruel autheur & inuenteur de toute barbarie: c'est ce premier boucher qui monstra aux heretiques, aux meurtriers, & aux bãdouilliers d'Allemaigne & de Geneue, de tuer, d'escorcher, & deuorer la chair des Catholiques. Vous le verrez sur ce Theatre, derriere les ioueurs ausquels il sert de protocole, il souffle par derriere, il les meut, il les incite, il les inuite, il les encourage de perdre tout, d'esgorger tout, de ne rien laisser viuant. Il va il vient, tantost icy tantost là, il les pousse, il les auance, il les excite de bien iouer leur roollet. Qui plus abat, plus est prisé, le meurtre est vn honneur, la cruauté, c'est *gloire. Vous le verrez derriere le Cheualier de Bethune qui luy met le cœur au ventre, pour tuer, pour égorger tous les prestres qui se rencontrent, pour couper leurs oreilles, pour s'en faire vn collier, pour faire vn chapellet de leurs testicules. Vous le verrez qu'il souffle de Beze pour inciter Poltrot de massacrer le Duc de Guise, qui luy promet argent, cheual, cõmoditez & paradis à la fin. Vous le verrez à Angoulesme derriere l'Admiral, le Roy de Nauarre, & sa mere, qui les presse, qui les encourage, de tuer, de massacrer toutes personnes, de tous aages, de tous sexes, de toutes conditions s'ils sont Catholiques. Bref vous verrez ce Maistre du ieu, prendre grãd peine que ces ioueurs s'aquitent fort bien du personnage qu'ilz ont à iouer, & que la Tragedie soit heureusement representee. Et certes il s'en sont dignement acquitez, & selon le vouloir & intention de celuy qui les mettoit en besongne. Car s'il y eut iamais rien de tragique, la France l'a experimenté. Et comme elle la Flandre, & l'Angleterre, où ce spestacle s'est monstré si cruel, & si eslongné de l'humanité, que le Soleil en a detourné son regard, la terre en a fremy, & a l'on veu les tremblemens de terre inaccoustumez en tous ces pais, tesmoigner que la nature, cette parente cõmune du genre humain, auoit pitié du meurtre de tant de milions de Catholiques. En leurs barbaries, il n'y a rien de vulgaire, ce sont toutes nouuelles inuentions. Car d'egorger vn homme selon qu'ordinairement font les voleurs, c'est vn acte trop bas pour vn huguenot. Ils ont* bien d'autres subtillitez. Ce hault Esprit qui leur faict voir si clair en l'escripture saincte leur a bien mõstré quelque chose que ne peut auoir le demeurant des hommes. Il faut premierement les decouper comme vn collet de marroquin. Il leur faut tirer la langue par dessouz la gorge: il faut les foueter six iours durant, & les hacher iusques aux os, puis il les faut frotter de miel, & les bailler à succer à vn bouc, qui a la lãgue infiniment rude, à fin de les escorcher de nouueau, & ouurir les premieres playes. Il faut les ietter des tours en bas, & les faire receuoir sur des halebardes. Il les faut pendre par vn pied à vn plancher de caue. Il faut les accoupler deux, à deux, & les faire mourir de faim, à fin qu'ils se mangẽt l'vn l'autre. Il faut leur ouurir le ventre, y ietter de l'aueine, & y faire manger les cheuaux. Il faut leur faire aualer leurs testicules. Il faut les ouurir pour voir ce que la nature fera de tels morceaux. Il faut les coucher sur vne table, leur mettre vn baßin sur le ventre, & des rats dessouz. Il faut mettre du feu sur le baßin, à fin que les rats contraincts par la chaleur leur rongent les entrailles & les facent finablement mourir. Mais bon Dieu qu'elle inuention diabolique de sier vn homme nud en le menant & remenant estendu sur vn cable? Quelle barbarie de ferrer vn pauure vicaire comme vn Cheual, & luy faire entrer les clouds dedans les plantes? Qu'elle sauuage inhumanité, d'enterrer les prestres vifs iusques à la gorge, & faire que leurs testes fussent le but du ieu de courteboulle, ou Dieu *sçait, si ces barbares iouoiẽt à debuter, & à dõner de toute leur puissance contre le nez de ces pauures creatures. Il seroit fort difficile de vous representer en ce Theatre toutes les particularitez de cette tragedie, comme de ceux qu'ilz ont fait seoir à nud sur des fagots d'espines, qu'ils ont mis comme chiens en vne roue pour tourner les broches, qu'ils ont attachez aux Crucifix pour les arquebuzer, qu'ils ont lardez des fueillets de leurs breuieres, qu'ils ont empallez, qu'ils ont tirez par esguillettes, & bref qu'ils ont fait mourir par tourmens inouis, estrãges & execrables. Et non pour autre subiet, sinon qu'ils estoiẽt Catholiques De sorte qu'il faut que l'inuenteur du Taureau d'erain se taise, aupres de ces maistresses furies, veu que leur inuention a surpassé, toutes les inuentions que les Diables eussent peu subtiliser à la ruine & consõmation du genre humain. Mais passant au subiet de ce Theatre nous entendons vous exhiber trois tragedies, l'vne Françoise, l'autre Angloise & la tierce Flamende lesquelles nous vous representerons icy par escrit auec les actes d'icelles pour n'auoir peu grauer toutes les particularitez auec le poinçon & les vous dõner en peinture. Donc en la tragedie Françoise, Vous verrez au premier acte la coniuratiõ de Nãtes soubs vn chef muet qui estoit le Prince de Cõdé. Vous verrez vos p̃paratifs pour tuer & massacrer le Roy Frãçois second, vous verrez les troupes des huguenots qui s'acheminẽt à Amboise, les exploits qu'ils y font, la mort du Roy, l'Edict de Iãuier, la Court de Parlement forcée, timidée de le verifier, le premier Presidẽt suspẽdu de* ſon eſtat: Le colloque de Poiſſy: Liõ ſurpris: Rouã pillé, le haure liuré aux Anglois, Orleãs enuahi, Sapin Cõſeiller pẽdu, les villes priſes les tẽples ruynez, Cleri demoli, le Roy Loys vnzieſme tiré du monument, ietté en terre, bruſlé au feu, ſa teſte ſeruir pour iouer à la courte boulle. Le ſiege de Paris, la bataille de Dreux, la mort du mareſchal S. André, & finablemẽt l'aſſaſsinat du feu duc de Guiſe, le plus meſchãt & deteſtable forfait que veit iamais le Soleil depuis qu'il tourne le mõde. Au ſecõd acte, vous y verrez la deſloyalle trahiſon de Meaux, le Roy courua force, le ſiege de Paris: S. Denis, Lagny, Poiſſy, pillez par ces bons ſubiets, le biẽ public pris pour pretexte, Proteſtãs Alemants pratiquez, payez, mandez introduits en France pour la ſeconde fois. Et finablement la bataille S. Denis, où l'on fait Curée du ſang du Coneſtable q̃ ſes neueux meurtriſſent cruellemẽt. Vous y verrez le ſiege de Chartres, & vne infinité de villes priſes & pillees, & les tẽples & lieux saincts dõnez en proye au ſoldat & au feu. Au troiſieſme acte, vous verrez la reuolte de la Rochelle, de Mõtaubã, de Sãſerre, la priſe de Niort S. Mexant, Fõtenay S. Iean d'Angeli, Xaintes, Blaye, Taillebourg, & toute la Xaintõge. Vous verrez Coqueuille ſe ſouiller de mille meurtres Le Prince d'Orẽge entrer en Frãce, ſouſtenu, mandé & conuoqué par ces deſloyaux garnemẽts. Le Duc des deux Põts d'vne autre part auecq ſes reiſtres, mettre tout à feu & à ſang, Vezelay pres la Charité pillee, & Poictiers defendu par les Ducs de Guiſe, & du Maine freres ayãs en la fleur de leur ieuneſſe & cõtre toute eſperãce humaine, opposé leurs poitrines au sac, & massacre que l'Admiral enflé de ses conquestes & d'vne belle armee qu'il conduisoit, pensoit faire du plus beau de la France, qui n'auoit lors aucunes forces en campagne pour la deffendre. Au quatriesme acte vous verrez les Heretiques deguisez courir & piller toute la France. Les ligues & cõfederations qu'ils firent auec ces ordures d'associez. La prise de Fontenay, de Lusignan, & des meilleures places de Poictou. Lisle de Ray Tonneboutonne, Perigueux, tõbez en leurs mains où Dieu sçait, si le sang couroit à val les rues. La subornation de la personne de feu Monsieur, source d'vne infinité de malheurs depuis aduenus en France. Au cinquiesme acte, vous verrez d'autres nouuelles ligues d'Heretiques, la prohibitiõ des ligues Catholiques. Brouage inuesti par le Prince de Condé. La Picardie à luy accordee, le Casimir qui donne les loix en Frãce, qui brusle, qui gaste, qui rauage tout sur les frontieres. La Prouence perdue par la vermine huguenotte. Les estats de Blois, le Roy de Nauarre en armes, qui n'obmet aucune cruauté à la Riolle & autres lieux de ses cõquestes. Au sixiesme acte, (d'autãt que cette tragedie surpasse la forme de toutes les autres) vous verrez chasser de Court les Princes Catholiques, faire confederer le Roy à la Royne d'Angleterre, aux cantons Huguenots, & à tous les detestables Heretiques de la terre. Prendre Geneue en sa protection, les Huguenots en sa manutentiõ, destiner le Roy de Nauarre pour estre Roy de Frãce. Rebuter Mõsieur le Cardinal

dinal de Bourbon premier Prince du ſang & le plus proche, appertement meſdire du Pape, condemner le Roy Catholique, affoiblir le Clergé, pratiquer la nobleſſe, prendre les erres d'Angleterre pour chaſſer la Religion, s'emparer des premieres villes du Royaume, corrompre les plus roydes, intimider les plus laſches, manger le peuple de daces, de gendarmes, de garniſons, d'emprunts, & tout ſoubs le nom du Roy qui eſt vn tresbon prince. Mais qui eſtant enuironné de ces vermines eſt rongé & pillé iuſques aux os ſans aucun remede. De ſorte que la France n'eſt plus la France, c'eſt vn Royaume de Machiauel, vn cabinet de mignons, vne republique Nogarette, vne formiliere de reliques albigeoiſes, vne taſniere de rats de Gaſcogne, d'efeminez, d'eneruez, de femmes deguiſees en hõmes, qui rongent le peuple, qui minent ſa ſubſtãce, par le moyen des petits magiſtrats qu'ils ont pratiquez & qui ont abãdonné leur Seneque pour les ayder d'inuentions, & qu'ils recompenſent des premieres dignitez de ce Royaume. Voyla les actes de la premiere tragedie, ou vous prendrez pour intermedies tous les Edits de pacification. Pendant leſquelles les ioueurs ſe retiroient vn peu du theatre ſous la tapiſſerie pour prẽdre haleine & ce-pendant ſe preparoiẽt de rentrer ſur l'eſchaffaut plus acharnez qu'auparauant, affin de paracheuer le ieu qu'ils auoient ſi cruellement cõmencé. De ſorte que cette tragedie ſurpaſſe en horreur, en monſtruoſitez, en ſanglants excez, en cruelz deportemẽs, tout ce que la Grece a traité dans ſes tragedies, tout ce que

Rome a veu en ses theatres, & que les latins ont discouru comme arguments funestes sur leurs eschaffaus. Car les Grecques tragedies ne sont que vaines fables, & subietz pris à plaisir pour esmouuoir les spectateurs. Ou la Frãce, la Flandre, & l'Angleterre, ne vous representent rien sur ce theatre qui ne soit veritable. Encores se pleignent elles, qu'elles n'ont eu le poinçon assez bon pour le grauer eternellemẽt sur le burin, & que les pointes de leurs plumes n'ont esté fortes assez, pour bien exprimer ce qui s'est passé en telles tragedies. Elles se plaignent que les mots choisis leur ont defailly, que la nature ne leur a dõné des termes assez significatifs, pour exprimer des actes si inhumains & si cruels, & bref q̃ l'effect a surpassé les parolles. Que si la Grece se vante de sa Medee, helas! & qui n'a veu cette Angloise Medee, les cheueux espars, les yeux ardẽts, la teste esleuee, furieuse, afreuse, & enragee de l'amour de Satã, le poignard dans le poing, courir, sauter, s'esleuer, cõtre ses ꝑpres enfans, les esgorger, deschirer en pieces, & en laisser les quartiers par les rues de Londres & ꝑ toutes les villes de son Royaume? Qui ne la veue auec ses dragõs aislez, sõ Cõte de Lecestre, & son thresorier Sicile, se faire traisner en son chariot de tyrãnie, chercher de faire mourir le Roy Creõ & les Princes de la terre, les entretenir en diuisions, s'ẽparer de leurs estats, soustenir leurs rebelles subiets, à fin que par vne pratique d'estat huguenotte, seule elle regnast à son aise, seule elle fut en repos pendãt que la Chrestienté trauailloit, & que l'heresie ce grand & furieux dragõ de-

uoroit tous les Royaumes de la terre? Si la Grece fait estat de son Ciclope, he! qui ne sçait quel est ce Ciclope Nauarrois, qui n'a que vn œil au frõt, & qui ne void qu'ademy. Ce monstre detestable, de qui la cauerne est pauee de tests d'hommes morts, & qui ne s'abreue que de sang, & ne se repaist que de chair humaine? Si elle vous parle de son Jphigene, le cruel spectacle de la Royne d'Escosse, monstre que c'est l'Jphigene Chrestienne, qui a serui de victime deuant que de prendre Troye la grande, & deuant que de s'emparer du Royaume de Iesus-Christ & chasser la religion Catholique d'Angleterre. d'Orestes, vous n'en auez que trop qui se sont resolus de coupper la gorge de l'Eglise leur mere, & qui agitez de furies errants & vagants par le monde, de iour & de nuict, à toutes heures, à tous moments, sont inquietez par le souuenir de leurs crimes, & citez au tribunal de leur conscience ne trouuẽt lieu de repos à leurs demerites. Nous autres pauures Catholiques, resemblons les Troades c'est adire les fẽmes Troyẽnes, dolẽtes, & captiues du sac de leur cité. Car nous gemissons la prise de Ierusalẽ c'est à dire le rauage de l'Eglise de Dieu, la captiuité de nostre grande Troye, qui est nostre Sion, & l'inuasiõ de Nabugodonosor sur les enfans d'Israel. Sõme qu'il n'y a rien sur le Grec eschaffaut qui soit semblable à nos tragedies. Et combien que la Grece soit vaine, & qu'elle se repaisse d'orgueil, & de vanité, si est-ce qu'elle confessera que son pays n'a rien veu representer de plus tragique que ce qui se monstre ſur ce theatre. Quant à Rome ſes arenes ſes ſpectacles ne ſont aucunement comparables aux noſtres: Car ces payens ne meurtriſſoient que des beſtes, ou des eſclaues. En ce theatre, en ces arenes, l'on eſgorge nonpas des beſtes, mais des hommes, & les premiers & principaux de tous les hommes. On y maſſacre ceux qui ſçauent mieux ouurer de l'outil de la raiſon, ceux qui mieux recognoiſſent Dieu, qui l'ayment, qui l'honorent, qui l'adorent en ſincerité de cœur, & qui n'ont cure n'y du monde, n'y des richeſſes, n'y du vain attirail de la terre, qui ne fait qu'empeſtrer nos entendemens. Ce ſont les Catholiques, les mignons de Jeſus Chriſt, & les ennemis des mignons des Roys. Ce ſont les Agneaux de la bergerie du Dieu viuant, les enfans de ſon eſpouſe, le gaige que le ciel ſ'eſt reſerué ſur la terre: Au lieu d'eſclaues on y tue, on y maſſacre les francs-bourgeois de la Cité de Ieruſalem. Ceux qui portent au doit l'aneau d'ingenuité, ceux dont le cœur haut & droit iamais ne ſ'aſſeruit aux vices, & qui n'a fleſchi le Genouil deuant le Roy de Nauarre, qui eſt le Dieu Baal adoré de tous les heretiques. Voyla ce que noſtre theatre vous repreſente, voyla à quoy il vous ſemond & vous inuite. Ce ne ſont pas de ces ſpectacles tant repris & defendus par les anciẽs Chreſtiens. Ce ſont ieux ou meſmes vous inuitẽt les Chreſtiens. Ieſus-Chriſt vous en fait l'entree, ils vous en ouure la porte, il vous requiert d'y paſſer, d'autant qu'au plus hault de l'echaffaut, on y contemple ſa croix, on medite ſa paſsion, & n'a autre deſir ſinon qu'auec luy nous buuions le Calice d'amertume, pour vn temps, à fin de boyre par apres & à longs traits, le hanap de liesse immortelle. Que dires vous si de spectateurs on vous fait vn iour cette grace, de mõter sur ce theatre à fin de iouer le roolle d'vn martir, & d'vn patient? O le temps nous en menace fort, tout y est appareillé, l'Eglise s'y prepare, les Catholiques si attẽdent, & sçauent, que si ce siecle dure & le gouuernement qui regne maintenant, il s'y faut resoudre. Que bien heureux seront ceux à qui Dieu fera cette faueur, car telle mort se tournera en tres-heureuse vie, cette douleur en plaisir, cet absinthe en miel, & ce tourmẽt en tresgratieux contentement. Mais pource que les heretiques vous degousteront d'entrer en ce theatre: & reprocherõt aux Catholiques le iour sainct Barthelemy, & mesmes que les Politiques dirõt que ce sont coups fourrez, qui plus a mis plus a perdu, quitte & quitte & bons amis, & que nous n'auons que reprocher les vns aux autres. Il leur faut respondre que tant de meurtres commis en douze ans ne se pouuoient expier en vne seule iournee. Aussi que vos armes & l'execution de ce iour se faisoit par le commandement & autorité du Roy, de laquelle ils estoient destituez en leurs cruautez. D'auantage qu'il vous estoit loisible auecques les armes de maintenir vostre possession, & qu'il ne leur estoit permis auec la force de donner entree à leur impure & nouuelle religion. Ioint que la mort de ceux qu'ils appellent leurs freres en impieté, n'a eu rien d'extraordinaire que la mort, ou les supplices les torments qu'ils ont fait souffrir aux pauures Catholiques pires cent fois que mille morts, estoient tous prodigieux & mõstrueux soit en la qualité soit en la quantité: Mais d'autant que nous ne voulons coucher sur ce fumier & demeurer aux ordures des pretensions des heretiques il est temps de passer à l'Argumẽt de la tragedie d'Angleterre où vous trouuerez du subiet autant estrange que vous ayez iamais entendu. Car vous y verrez Henry huictiesme furieux, insensé, enragé apres les femmes, & fort subiet aux appetits de dessous le ventre, vouloir cõme vn Oedipe grec maculer son lict d'vn embrassemẽt incestueux. Vous le verrez bouillant, suant, forcené de l'amour de Anne Boulan sa fille, à quelque pris que ce soit, la vouloir espouser, & l'amener en la societé de sa couche: Vous le verrez si outrecuidé, si perdu, si aueuglé d'impudicité, qu'il veut faire trouuer bon ce mariage au Pape, aux Roys, à ses subiets, aux estrã gers, & à toutes personnes de la terre. On le vous represente ne pouuant dormir d'impatience, & par mille funestes moyens machiner la mort de la Royne Catherine sa femme, pour satisfaire à sõ infame impudicité. Vous verrez que sa femme viuãte, il espouse celle dont il auoit cogneu la mere, & la tante, & qui estoit son propre sang mesmes, vous le verrez si transporté de la pasiõ de cette amour incestueuse, que sans reuerence de Dieu & contre la prohibitiõ de son Eglise, en tẽps deffendu, & la veille de Pasques, il espouse cette Heleine cause de la perte du pays, luy qui s'estoit gorgé, & soullé de cette meschante chair long temps auparauant que l'espouser, & qui au veu & sçeu d'vn chacun, en auoit passé les difficultez de son Caresme. Et pour ce que le Pape n'auoit trouué bon ny son diuorce ny son mariage, vous le verrez irrité, fasché, despité, se saisir du reuenu de tous les monasteres d'Angleterre, se dire chef de l'Eglise de son pays, prendre les reliques, les fondre à son vsage, ietter les os des Saincts, forcer les religieuses de se marier, chasser les moynes de leur conuent, exciter les prestres à toute dissolution, & bref introduire en ce pauure Royaume tant de confusions, tant de detestables desolations, tant de hontes, tant de turpitudes, que iamais Sathan ne se veit tant fauorisé en la Chrestienté, qu'il a esté par ce mol, effeminé, incestueux, & miserable Prince & mesme en ce Royaume, autrefois vne des perles de nostre Europe, & l'vn des plus religieux pays qui fut en tout le monde : Vous verrez par les autres actes comme impatient que tel mariage ne peust estre trouué bon des gens de bien, il s'irrite, il fremit sur leurs testes, & sans respect ny de Dieu, ny du monde, fait decapiter le Cardinal Ficher l'vn des plus doctes hommes de son temps & peu apres Thomas Maurus son Chancellier, lumiere & flambeau de science, & de conscience. Mesme ne pardonne au sexe plus fragile, & plus subiet à pitié, ains fait decapiter la Comtesse de Salisberey, mere de ce grand Cardinal Paulus, non pour autre raison, sinon qu'elle ne pouuoit aprouuer ses actiõs meschantes & detestables. Vous verrez comme le fleuue *de sa furie, ne pouuant se contenir en son canal, desborde par dessus les digues de la raison & courant & inondant toute l'Angleterre, & particulierement sur les meilleurs religieux, deschire, massacre, couppe, tronque les pauures Chartreux pour ne vouloir le recognoistre Chef de l'Eglise d'Angleterre. Vous verrez comme cette peste, cette contagion, ce deluge de sang humain, s'adresse iusques à tous les bons Prelats du pays, & qu'en ce rauage, tous les bons Catholiques sont contraints ou de mourir de mille supplices, ou fleschir soubs la cruauté de ce Tyran effeminé, le plus laid & le plus diforme monstre de la terre. Vous verrez apres comme passant de son amour desordonné & vne ialousie cruelle & miserable il n'a repos qu'il n'ait faict mourir & trancher la teste à celle qu'il auoit si desesperément recherchee. De sorte qu'il est incertain, lequel a eu plus de fureur & plus de rage, ou l'amour qu'il auoit deuant, ou la haine qu'il eut depuis contre cette desloyalle creature. Vous verrez depuis, comme picqué du mesme tan & des aguillons de sa chair fretillante & impatiente. Il espouse deux autres femmes ausquelles il faict mesme & pareil traictement qu'à la premiere & à la seconde. Car des cinq il y en a deux repudiees, & les deux autres verserent leur sang soubz les mains du bourreau. Quant à la cinquiesme, elle eschappa belle, estant mort deuant que la peau luy en fut baillee, laquelle estoit desia marchandee, & quasi deliuree à l'executeur de la haute iustice. Or ce Roy ou plustost ce*

Tiran

Tiran miserable estant retiré du theatre des humains, & mort desesperé, vous verrez Edouard son fils & son successeur, sortir de dessoubs la tapisserie & combler la pauure Angleterre de l'impure religion Caluinique, auec tant de desolations, & de miseres, que lon voyoit la semence du mal, qui depuis est creue iusques au sommet de toute impieté. Mais pour ce que Dieu ne le laissa viure long temps, vous verrez, comme apres la mort de la Royne Marie, la meschante Iesabel se presente sur leschaffaut, regorgeãt du sang des saincts & le vomissant & le reiettant par toutes les concauitez de son corps, vous la verrez se presenter auec ses rufiens, raclant, raflant, de dessus la terre, le peu de gens de bien qui restoient en Angleterre, & mettant tout au cousteau. Vous la verrez agitee de furies, trembler & paslir iour & nuit, soir & matin, à tous momens, & à toutes heures, chercher pasture de chair humaine pour se repaistre auidement. Vous la verrez comme vn Tiesthe, deuorer ses propres enfans apres leur auoir fait souffrir tant & tant de supplices, qu'il est du tout impossible de les pouuoir mettre par escript. Mesme vous la verrez comme vne tigre affamee, comme vne Lionne furieuse, comme vne louue chaude, forçant les loix de nature, le droit de gens, la parenté, la consanguinité, & se souillant de periure, de deshonneur, & de perfidie, faire trancher la teste à la Royne d'Escosse, cette princesse innocente, sa sœur de couronne, sa cousine de sang, son heritiere de succession. Le tout à fin que le Royaume despouillé de ses vrais heritiers passé és mains du Comte de Lecestre pour le prix & recompense de tant de laborieuses nuits qu'il a passees entre les bras de cette venerable pucelle chef de l'Eglise d'Angleterre & le premier ornement de l'Eglise de Caluin. Somme que vous verrez cette Thesiphone, estre vne digne semence d'vn si furieux & incestueux mariage, & que d'vn acouplement si prodigieux, de Henry & d'Anne Boulan il ne pouuoit n'aistre, qu'vn monstre le plus monstrueux, & le plus malin & difforme de tous les monstres de la terre: Vous dirons nous les loix escriptes de pur sang qu'elle a fait faire en ses parlements, ou d'aller à la Messe, porter des Agnus Dei, des Chapelets, receler des prestres, c'est crime de leze maiesté qui importe de la vie? Quelz supplices sont preparez, quels tourmẽs à ceux qui ne la recognoissent chef de l'Eglise: elle qui submet ses membres eshontez à l'apetit & à la voluuté de tant de rufiens que luy produit le bordeau de l'Eglise de Geneue? Mais il faut laisser cette vile creature maculee de trop de crimes pour venir à l'argument de la Flamende tragedie. Vous y verrez donc comme les furies d'Enfer ayant quité leur sombre manoir vienent au monde, soubs la personne de Luther, Zuingle, & de Munster, & s'estant insinuees auec vne apparẽce de saincteté, és espris des plus superbes & vicieux de cette contree, elles iettent leurs serpens en leur estomac, leur persuadẽt de mettre tout en desroute, en rauage, & confusion, Vous verrez comme ce venin coule dans leurs ames les fait incontinent vomir l'ancienne re-

ligion Catholique, mere de la conseruatiõ des estats, de sorte qu'ayant ieté dehors l'espouse legitime, la vraye Eglise, la biẽ animee de Iesus-Christ toutes les villes? toutes les communautez, tous les citoyẽs peu exceptez introduisent chez eux sept ou huit religions toutes diuerses, comme sept ou huit putains, vilaines & eshontees, qui ne se peuuent accorder en vn logis. Voila le premier estat de la Flandre: Que fait elle plus? Vous la verrez pour le second acte orgueilleuse superbe, mõstrueuse, apres auoir reieté son Dieu & la religion anciẽne, reieter son vray & naturel Prince: celuy qui l'auoit tousiours doucement honestement & liberalement traicté. Vous la verrez insolẽte auec la queue de regnard à son chapeau, se forger des mescontentemens, presenter des requestes, auoir l'obeissance en la bouche & la rebellion au cœur, exciter, allumer, enflammer chacun à la reuolte. Vous la verrez chercher Monsieur en France le Duc Mathias en Allemaigne, la Iesabel en Angleterre à fin de luy commander. Et certes ce heron estoit digne de regner sur telles grenouilles. Vous la verrez repudier le naturel pour l'estrãger, le plus proche pour le plus esloigné, prẽdre l'incogneu pour reieter celuy dont elle auoit vne si gratieuse cognoissance. Sõme que cõme ayant chassé son Dieu elle cherchoit vn Dieu par tout & n'en trouuoit point. Aussi ayant abandonné son Prince, elle en cherchoit par tout & n'en trouuoit aucun qui luy pleust. Miserable Babilon & monstrueuse confusion de Sathan. Vous dirons nous comme vous la verrez despitee, forcenee, se ieter *ſur les temples, & les deſtruire, abatre la repreſentatiõ des ſaincts, les bruſler, les briſer, ieter au feu les liures, terraſſer les Croix, harquebuzer les crucifix, & bref monſtrer ſur la terre toutes les furies, tous les actes meſchants que Sathan auroit meſme vergoigné de commettre dans le creux de ſon enfer? Vous verrez ce Regnard du Prince d'Orenge, ce loup inhumain, pour reconquerir ſur le Duc d'Alue ce qu'il auoit perdu, dreſſer armee d'Allemans, de Flamens & mettre en vn troupeau tout ce que le Septentrion alettoit de meſchant, de vergongneux & de peſtifere, & neantmoins, ayant eſté battu, eſtrillé, mis en deſroute, tanter par fineſſe ce qu'il n'auoit peu obtenir par la force des armes. Car vous le verrez auec le Comte de Lumay l'inſtrument de ſa deteſtable intention, eſmouuoir les eſtats, eſleuer les villes, ne pardonner à perſonne, que ſa ferocité ne penetraſt par tout, & que tout le pays excité, animé à la rebellion, ne plantaſt les marques eternelles de ſa deſloyauté & deſobeiſſance. Toutefois apres que ſon frere le Comte Ludouic auroit eſté bruſlé en vne grange, comme vermine qu'il eſtoit, finablement pour le dernier acte de la tragedie, ce Tiran, ce rebelle ſubiet, ce deſ-obeiſſant garnement bronche à bas attaint du coup d'vne piſtolle qui luy fit quiter la vie, qu'il auoit oſtee à tant de gens de bien. Voyla Meßieurs les Argumens de nos trois tragedies, voyla comme elles ont eſté iouees & comme elles ont eſté cruellement executees. Maintenant qu'en diſtes vous, qu'en penſez vous? veiſtes vous onc ſubiet plus tra-*

gique, & plus tragiquement ioué par les instrumens de Sathan? y a il chose qui se compare en cruauté auec cecy? non certes, & n'ont les siecles passez rien veu de semblable & ne voit le temps present rien de plus effroyant. Et quant au temps à venir il herissera d'horreur d'ouyr parler de choses si prodigieuses. Que si nous auons en recitant ces argumens interuerti l'ordre des tragedies, & que nous ayons parlé de la Françoise la premiere, combien qu'elle n'ait esté iouee que la seconde: nous l'auons fait expressement pour la ruyne d'vn si beau & si florissant Royaume qui estoit autrefois le cœur & l'ame de la Chrestienté, & qui n'est à present qu'vn corps mort, qu'vne vieille carcasse que les mignons Heretiques & les Politiques mangent comme vers qui grouillent en vne charogne morte. Mais quoy messieurs pendant ces discours nous ne voyons pas que le temps se passe & que l'heure nous presse de veoir à l'œil vne partie de ce que nous vous auons fait entendre. Il est temps de nous retirer. Car desia nous entendons les ruynes des temples que lon fait en Angleterre, & voyons les feux espandus par les monasteres qui est la premiere piece ou voz yeux s'arresteront pour considerer qu'il failloit se prendre à Dieu deuãt que d'exercer tant d'impietez sur les hommes.

FIN.

PARTICVLIERE DESCRIPTION, DES CRVAVTEZ ET INHVMANITEZ DES SCHISMATIQVES d'Angleterre, du regne de Henry huictiesme.

Fueillet 22.

EN la premiere peinture, vous voyez, cõme Henry huictiesme irrité, que le Pape n'auoit voulu approuuer sõ diuorce auec la Royne Catherine, & moins encore ses nopces incestueuses auec Anne de Boulen, il se retira de l'Eglise Romaine, se porta chef de l'Eglise d'Angleterre, fit mettre le feu aux monasteres, fit briser, piller, & ruïner les temples, & lieux saincts, iusques au nombre de dix mille, & fit chasser des monasteres Abbez, Abbesses, Religieux, & Religieuses, les contraignant de se marier. De sorte que plus de Cẽt mille ames furent perduës, qui violerent leur vœu. Fit faire le procez a sainct Thomas de Cantorbri pres de quatre cens ans apres sa mort, & comme chef de l'Eglise, defendit de plus celebrer sa feste: combiẽ que long temps auparauant il fut canonizé en l'Eglise. Le peché qu'il auoit commis, estoit, que l'Eglise dont il estoit patron estoit trop riche. Et de fait il tira 26. grands Chariots tous chargez de reliques de Chappes & des tresors de ce lieu seulement. Qui luy donna enuie d'en faire autant en toutes les autres de son Royaume, ausquelles il rifla tout, pour le dõner a putains, & maquereaux, & a ses mignons & cõseillers Politiques. Et toutefois six mois apres le vol de tant de richesses, ce pauure miserable Prince estoit plus necessiteux qu'auparauant. Et a son exemple depuis les Caluinistes ont pillé les temples par toute l'Europe, comme en France, Escosse, Hybernie, & au païs de Flandres, ou ils n'ont laissé aucun lieu qui n'ait esté maculé de leurs furieux larrecins & sacrileges.

Feuillet 23. au dessus de la figure il faut mettre.

Les fruicts du nouuel Euangille

& au dessous.

Voyez les feux espars, voyez les pilleries,
Les rauages cruels qu'exercent ces furies,
Rien ne peut eschapper leurs sacrileges mains,
Les Croix sont mises bas, les images en cendre,
Si Dieu venoit du Ciel en la terre descendre
Il ne seroit en paix entre ces inhumains.

Feuillet 24.

A Pour n'auoir voulu recognoistre le Roy Henry huictiesme Chef de l'Eglise d'Angleterre Iean Ficher Euesque de Roffen & Cardinal du S. siege de Rome est decapité.

B Et pour mesme cause est aussi decapité Thomas Morus Cheualier & Chancelier de tout le Royaume d'Angleterre homme singulier en religion, & des plus doctes hommes de son temps.

C De mesme façon & pour mesme raison est traictee la Comtesse de Salisbery mere du grand Cardinal Reginaldus Paulus, & plusieurs Euesques, Abbez, & Prelats d'Angleterre ne recognoissant le Roy pour chef de l'Eglise. Ce que Caluin n'a iamais approuué de son temps ains la improuué fort & ferme, & toutefois ce grãd Patriarche de l'Eglise de Geneue Beze, ce bon successeur de sa chaire a-prouue & reçoit & recommande cette Iezabel d'Angleterre maculee de putasseries innumerables, & soustient qu'elle est chef de l'Eglise combien que son deuancier ne l'ait voulu souffrir en vn homme ou il y auoit plus de raison de le tollerer.

Fueillet 25. au dessus de l'image.

La cruauté des schismatiques d'Angleterre & au dessous.

Le Chancelier Morus, sur le billot appreste,
Pour receuoir la mort sa venerable teste,
Le Cardinal Ficher est là mort estendu,
Du grand Cardinal Paul la mere on decolle:
O Sathan quels bourreaux tu as en ton escolle,
Tu ne te plais qu'au meurtre & au sang respãdu.

Fueillet 26. pour l'image suyuante.

Les Chartreux d'Angleterre, hommes saincts, doctes & religieux furent des premiers qui sentirent les pointes de la fureur de ce Roy. Car ne le voulans recognoistre pour chef de l'Eglise ils furent miserablement emprisonnez, & apres les questions diuerses, & tourmens innumerables furent condamnez à mort & d'estre traisnez au gibet sur des clayes d'osier. Où ayant esté pendus, & les cordeaux incontinent coupez & demy vifs tumbez en terre, on les traisne pres d'vn feu leur coupant leurs parties honteuses, on leur fendit le ventre, & en tira lon leurs boyaux qui palpitoient encores à fin de les ieter au feu & apres leur

leur auoir coupé la teste on les meit en quatre quartiers.

Fueillet 28.

A Frere Iean forest Cordelier ayant peu auparauant esté confesseur du Roy, fut pendu pres la ville de Londres, & son corps bruslé auec l'image du Roy Dauid, pour auoir defendu la principauté de l'Eglise & n'auoir acquiescé aux volontez de ce Roy incestueux & miserable.

B Plusieurs Abbez Prieurs & chefs d'ordre, furent pour mesme subiet en plusieurs endroits du Royaume estranglez, estripez & mis en quatre quartiers.

C Comme pareillement plusieurs Curez & hommes pourueuz de charges Ecclesiastiques qui ne pouuoient consentir à ceste vsurpation tyrannique.

Fueillet 29. au dessous de l'image.

Voicy des bons Chartreux la genereuse troupe
Les vns desia pendus les autres qu'on decoupe
Pour leur tirer le cœur & au feu le ieter.
Les vns sont en morceaux les autres sur des clayes
Sont trainez au gibet sanglants de maintes playes,
Ne voulans ô bon Dieu ton salut reieter.

Fueillet 30.

Les noms des Religieux des prestres & des layz qui ont esté martirisez sous Henry huictiesme Roy d'Angleterre soustenir que l'Eglise Romaine est le chef de l'Eglise & non les Roys & princes temporels.

D

L'an 1535. 1358. 39. 41. 43.

LES PRESTRES.

Iehan Cardinal de Roffen,
l'Abbé de Baolinghen,
l'Abbé de Clocestre,
l'Abbé de Fontaine,
l'Abbé de Glastemburg,
l'Abbé de Bernier,
l'Abbé de Riuiere,
l'Abbé de Redingen,
l'Abbé du Sault,
l'Abbé du Val,
Edouarde de Bochinghen,
Iean Dering,
Hugues le Riche,
Richard Masther,
Henry Bold,
Robert Laurens prieur des Chartreux,
Augustin Vestblot aussi prieur des Chartreux,
Laurens Coch prieur de dedancastre & trois moines auec luy.
Iean Maier,
Maistre Regnaud haye prestre,
Iean Rochester,
Humfroy Millemord,
Guillaume Vxme,
Sebastien Midigat,
Iaques Varmer,
Richard Ber,
Thomas Greue,
Iean Dauis,
Thomas Touson,
Guillaume Grannod,
Thomas Seruian,
Robert Halt,
Gauthier Person,
Thomas Rodinger,
Guillaume Horn,
Guillaume Onion,
Iean Rug curé de VVandesuord,
Anthoine Borbey,
Thomas Betrhiam,
Thomas Cort,
22. Cordeliers prisonniers en diuers lieux où ils sont morts,
Frere Iean Forest,
Thomas Abel,
Edouard Pouuel,
Richard Fretetston,
Maistre Laie,
Iean Dirlande.
Deux Prestres dont lon ne sçait les noms.

LES LAYZ.

Thomas Maurus Chācelier du Royaume,
Marguerite Cōtesse de Sarisberey,
Gilles Heron,
Clement Philipot,
Germain Gardinet,
Guillaume Ashve.

Fueillet 31. au dessus de la figure.

Les horribles cruautez perpetrees contre les Catholiques en France par les Huguenots.

Et au lieu de la marque il faut mettre ces mots.

Vous n'aurez pas la piece entiere.
Mais voyant cet eschantillon;
Jugez les maux qu'ont faict n'aguere
Les estafiers de Chastillon.

Fueillet 32.

A. La Ville d'Angoulesme ayant esté assiegee par l'Admiral, le Roy de Nauarre & sa mere y estans presens, elle fut rendue par composition iuree & arrestee, qu'il seroit loisible tant aux Ecclesiastiques qu'au reste des Catholiques d'y demeurer, sans estre aucunement inquietez: Ce neantmoins la foy promise par les Heretiques ne dura que iusques à ce qu'ils fussent maistres de la ville. Car incõtinẽt ils se saisirẽt de quelques Catholiques qu'ils emprisonnerent & entre autres d'vn gardien des Cordeliers nõmé Greslet, hõme fort docte, & de bonne vie, predicateur ordinaire, & entretenu par reuerẽd pere en Dieu Ieã de la Rochefoucaud Abbé de Marmonstier. lequel le lendemain ils firent pendre a vn meurier du iardin des Iacobins qu'ils auoiẽt conuerti en vne place. A cete execution, estoit present l'Admiral, Chef de l'armee des rebelles auec fort grande compagnie, auquel ce pauure religieux cõstant & asseuré s'adressa & luy dit, Mõsieur l'Admiral vous combatez & peut estre ne sçauez vous pourquoy. Vous prenez vn pretexte de religion laissant celle en laquelle vous auez esté baptizé. Vous me voyez par vostre ordonnance sur le point de finir mes iours. I'espere d'estre auiourd'huy auec les Anges de Dieu. Mais pour vous mõstrer q̃ vous errez, vous qui auez laissé la vraye religion, & pure doctrine procedee des Apostres & de leurs disciples iusques a nous. Ie prie Dieu, deuãt le tribunal duquel i'assiste, m'effacer du liure de vie pour me dãner, si la religiõ que vous suyuez & la doctrine que vous maintenez auec tãt de cruauté n'est tres-fauce tres-mechante & tres-malheureuse: Ie sçay bien que vostre cœur preocupé d'autres choses n'est capable de ma protestatiõ, mais vous experimẽterez l'effect de ce que ie vous predi. Car vous serez comme Iesabel ieté par vne fenestre & serez traisné fort ignominieusement, & ainsi finirez vous vos iours. Ce que depuis fut accompli le iour sainct Barthelemy trois ans apres.

B. Frere Iean Viroleau, lecteur du conuent des mesmes Cordeliers, fut aussi tué par eux, luy ayant coupé les parties honteuses.

C Et fut suyui de frere Iean Apuril, aagé d'enuiron quatre vingts ans, lequel apres luy auoir fendu la teste d'vn coup de Halebarde fut ietté dans des Latrines.

D Autant en firent ils à frere Pierre Bouueau, Cordelier Docteur en Theologie, lequel apres l'auoir tenu prisonnier huict moys entiers, ils pendirent à vn Pommier pres des murailles de la ville du costé de Beaulieu, & la nuit il fut enseuely dans vn iardin pres de là par quelques femmes Catholiques.

Fueillet 33.

au dessous de l'image,

Angoulesme est tesmoing, detestables furies,

De vos actes cruels, & de vos barbaries,
Greslet predit la mort de l'Admiral present,
On te iettra, dit-il, du haut d'vne fenestre,
Mais c'estoient mots perdus il ne pouuoit cognoistre
Ce que luy reseruoit le diuin iugement.

Fueillet 34.

En la Maison d'vn bourgeois d'Angoulesme nommé Papin ayant enclos trente Catholiques ils les firent mourir de diuers tourmens.

A Car premierement, ils attachoient les vns deux à deux sans leur bailler à viure, & les contraignoient de se manger l'vn l'autre estans pressez de malle faim.

B Les autres, ils les couchoient & garrotoient sur vne corde fort estenduë, les tiroient & retiroient iusques à ce que la corde leur eust serré le vẽtre & quils fussent morts.

C Les autres, estoient liez à vn poteau de bois auquel on mettoit le feu & les faisoit on mourir & brusler miserablement.

Fueillet 35. au dessus de l'image.

Horribles cruautez commises par les Huguenots en France.

au dessous de l'image.

Les vns à petit feu sont consommez en cendre,
Les autres sont sciez, & les fait on estendre
Le ventre sur vn cable, & puis les attirant
Et retirant souuent, la corde les entame,
L'vn meurt de male faim, & rend à Dieu son ame,
L'autre pour s'assouuir va les morts deuorant.

Les huguenots estans en garnison en la ville de Montbron, visitoient fort souuent la damoiselle de Maraudat voisine de leur garnison: Cette bõne damoiselle pleine de douceur & d'honnesteté qui sont compagnes perpetuelles de la Religion Catholique les receuoit auec fort bonne volonté & meilleur traictemẽt, à fin d'auoir quelque support de ces desloyaux garnements.

A Mais ces barbares cruels despouillez de toute humanité apres auoir bien souppé en sa maison, la firent monter en vne chambre haute, où premierement par menaces la voulurent forcer de leur bailler quelques deniers auec argent, non moins qu'ils pensoient qu'elle eust, & voyans leurs menaces ne l'esmouuoir firent apporter du bois & allumer du feu & prenans cinq palettes de fer qu'ils feirent rougir, les apposerent aux plantes de cette pauure hostesse. Puis voyans le millieu de leurs palettes arrousees du sang de cette pauure femme delicate & de l'humeur que le feu tiroit de ses pieds, ils tournerent vers elle le bout trenchant desdites palettes encores toutes rouges, & depuis les cheuilles des pieds iusques aux hanches, luy firent dix ou douze rayes, tirans la peau par esguillettes. Finablement ils la despouillerent, pillerent, & emporterent tout l'argent monnoyé & à monnoyer, qu'elle auoit espargné pour pouruoir ses enfans.

B Maistre Iean Arnauld, lieutenant General à Angoulesme fut l'vn de ceux qui furẽt par eux emprisõnés & lequel ils firent seoir sur vn fagot d'Espines, & à coups de baston luy firent tourner la broche, & apres auoir enduré beaucoup fut par eux estranglé en sa maison.

C Ils prindrent la vefue du Lieutenant Criminel de la mesme ville, aagee de plus de soixante ans, & la trainerent par les cheueux long temps dedans les ruës, à fin que nul sexe ne fut exempt de leur inhumanité.

Fueillet 38.

A En la paroisse de Chasenueil ils prindrent vn homme d'Eglise nommé Maistre Loys Fayard homme, selō les habitans du lieu de bonne vie & bon exemple: ils feirēt bouillir de l'huille dedans laquelle ils luy mirent les mains par plusieurs fois, tant que la peau & la chair quittoint les os, puis luy verserent cette huille toute bouillante dedans la bouche, & voyans qu'il n'estoit du tout mort, luy tirerent trois coups de Harquebuze & luy baillerent vn coup de hallebarde sur le Col.

B Ils prindrent vn autre nommé à la mode du païs Maistre Colin Guilebaut vicaire de sainct Auzoni pres d'Angoulesme, auquel ils coupperent les genitoires, & l'ayant mis tout nud, l'enfermerent dans vn coffre auquel auec vne tariere ils firent beaucoup de trous, puis prindrent grande quantité d'huille bouillante qu'ils verserēt sur luy & le firent mourir en cette façon.

C En la paroisse de Riuieres, ils prindrent vn autre prestre auquel ils coupperent la langue, puis le tuerent.

Fueillet 39. dessus l'image.

Horribles cruautez commises par les Heretiques de France.

Et au dessous de l'image.

L'vn dans l'huille bouillant à ses mains eschaudees,
Et d'autant qu'il n'en meurt, auec grandes ondees,

On luy fait aualer, puis on le perce à iour
L'autre est dans vne quesse, ou de l'huille on luy verse,
A l'autre le menton par dessous on luy perse,
Pour sa langue arracher du naturel seiour.

Fueillet 40.

A Maistre Simon Sicot vicaire de sainct Hylaire de monstiers aagé de soixante ans homme de bonne vie fut mené prisonnier à Angoulesme ou mis à rançon il vendit quelques heritages pour y satisfaire : mais la rançon paye les pariures luy firent sentir la desloyauté de leurs cœurs. Car feignant de mettre en liberté ce pauure homme, le firent sortir par la porte sainct Pierre ou ils auoient aposté vn de leurs bourreaux pour le tuer. Ce pauure captif voyant ce barbare venir à luy en furie se ietta dans vne maison pour se sauuer. D'où ce meschant l'ayant tiré en luy donnant quelques coups d'espee luy creua les yeux premierement, puis luy fit tirer & passer la langue dessous le menton.

B Maistre Guillaume de Bricailles & vn autre prestre furent pendus l'espace de deux moys en vne caue par chacun vn pied & quelquefois leur faisoient manger à fin de les faire languir plus longuement. Finablement Bricailles mourut l'autre fut tué par ces tigres, qui s'ennuyoiét de le tourmenter.

C Vn prestre de la paroisse de Beaulieu fut par eux enterré vif pour luy faire confesser ou estoient les ornemens & richesses de l'Abbaye sainct Auzoni.

D Maistre Arnauld Burandeau vicaire de Fleac aagé de quatre vingts ans apres auoir esté quelque temps detenu prisonnier en ladite ville fut trainé depuis la porte du

pallet

pallet iusques en l'Abbaye sainct Libard où ils luy couperent les parties honteuses puis le ietterent en la riuiere.

Maistre Guillaume Leonard, natif de sainct Michel d'Antragues fut tué pres la ville, & ces inhumains luy ayãs trenché la teste en ioüerent à la boulle.

E Vn Cordelier venu de Xainctes à Angoulesme aagé de quatre vingts ans homme de bonne vie, apres auoir enduré maintes cruautez fut precipité vif du haut de la muraille de la ville.

Fueillet 41. dessus la figure.

Horribles cruautez commises en la France par les Huguenots.

Desouz la figure.

Deux prestres par vn pied longuement suspendus,
L'vn mort l'autre mourant à la fin sont rendus,
Les vns sont mis en l'eau, les autres en la terre
Autres du haut en bas des murs precipitez,
O traistres garnemens remplis d'iniquitez
Par combien de tourmens nous faictes vous la guerre?

Fueillet 42.

Maistre Octauian Royer vicaire de sainct Libard estãt tumbé és mains de ces detestables, fut par eux ferré comme vn Cheual, luy perçant les plantes de gros clous, de sorte que le sang luy ruisseloit de tous costez, & cela fait l'atacherent à vn Arbre où ils le harquebuserent.

B Ils atelerent à vne charuë auec des bœufs Maistre François Raboteau vicaire de la paroisse de Fouquebrune, & luy faisoient labourer la terre comme à vn Cheual & combien qu'il tirast de toute sa puissance ils luy donnerent tant de coups d'eguillon qu'il en mourut sur le chãp.

C Ils en harquebuzerent vn grand nombre, entre lesquels fut Maistre Philippes de Monte maistre Cirurgien & Nicolas Guiner drapier, qui estans attachez à vn arbre par le commandement du Capitaine Pilles furent percez de plombs pour auoir constamment confessé Iesus Christ & aduoué l'Eglise Chrestienne & Catholique estre l'Eglise de Dieu: de sorte qu'au diocese d'Angoulesme en deux ans seulemẽt il y eut plus de six vingts martirs de toutes qualitez & de tous sexes.

Feuillet 43. dessus la figure.

Horribles cruautez commises par les Huguenots en la France.

apres la figure.

Voyez vous ces cruels ces tigres inhumains
Ces barbares meschans, qui serrent de leurs mains
A *Vn prestre qu'ils ont pris qu'apres ils harquebusent.*
Mille & mille sont morts qu'ils ont ainsi meurtris.
B *O Dieu vengez vos saincts, foudroyez ces esprits:*
Il y a trop long temps que de vous ils abusent.

Feuillet 44.

En la ville de Houdan diocese de Chartres les Heretiques ayans trouué vn prestre le contraignirent de chãter la Messe, luy firent faire offrande où ils allerent douze, & pour offrande luy donnerent chacun vn grand coup de poing d'vn gantelet de fer, de sorte qu'il estoit tout desfiguré & luy couloit le sang de toutes pars: non contens le firent consacrer & prirẽt le corps de IesusChrist qu'ils foulerent aux pieds, pisserent au Calice & luy firent boyre leurs ordures & putrefaction, puis l'atacherent au Crucifix & le harquebuserent.

C A Floran pres saincte Menehoud, les gens du Cheualier de Bethune & luy aussi tenoient vn prestre, auquel ils firent toutes les cruautez qu'il est possible, & le fouëterent estrangement estant lié comme vn homme que l'on veut rompre sur la rouë: Puis le barbier des cõpagnies luy coupa les genitoires & le firẽt ainsi mourir. Le mesme barbier se vantoit en auoir ainsi traité dix sept.

Fueillet 45 sur la figure.

Horribles cruautez commises en la France par les Huguenots.

dessous la figure.

Un prestre ils ont contraint de celebrer la Messe,
Où chacun pour offrande vn grand coup luy adresse
D'vn Gantelet de fer, qui sanglant le rendit,
Ils foulent Dieu aux pieds, ils pissent au Calice,
L'abreuuent de ce fiel, puis pour dernier supplice,
Ce barbare troupeau en la Croix le pendit.

Fueillet 46.

A A Cleri apres auoir pillé l'Eglise, & l'auoir despoüillee de ses reliques & de ses chappes ils s'adresserẽt au tõbeau du Roy Loys onziesme le rompent entierement, prenent les os de ce Roy, les iettent dans le feu excepté la teste dõt ils ioüẽt à la courte boulle. Autant en ont ils faict au Roy Henry d'Albret à Castelgeloux, lequel ils tirerẽt du tombeau & le laisserent deuorer aux chiens, les Catholiques ayãs enterré ce qu'il y auoit de reste à Vandosme. Le Prince de Condé rompit les tombeaux de ses predecesseurs,

& ieta les os au vent:ils firent le semblable à Angoulesme ayant bruslé,le Duc Iean ayeul du grand Roy François & les autres ducz de cette maison.

B A Pathe pres d'Orleans 25 Catholiques estans poursuiuis de ces furies, se retirerent au cloistre de l'Eglise & auec eux plusieurs enfans,mais y ayans mis le feu ils furent cõtrains de se precipiter du haut en bas,& lors ces meschans les prenoient & les ietoient dedans les flammes ou ils furent tous bruslez.

C Ils lierent plusieurs prestres auec les licols au col de leurs cheuaux & les trainerent auec mil tormens.

Fueillet 47. sur la figure.

Les horribles cruautez que les huguenots ont faictes en France.

dessous la figure.

Voicy comme poussez d'vne fureur extreme,
Ils rompent le tumbeau du Roy Loys vnziesme
Ils arrachent ses os qui au feu sont iettez,
La teste leur seruit pour ioüer à la boulle.
L'esprit de cruauté son appetit ne soulle,
Si ce n'est quand il tient toutes extremitez.

Fueillet 48.

A A sainct Machaire en Gascongne ils prenoient les prestres & leur ouuroient le ventre & deuidoient alentour d'vn baston leurs boyaux.

B C Au mesme lieu ils enfoüirent en terre plusieurs prestres & coupperent en morceaux les enfans des Catholiques.

D En la ville du Mans ayans pris vn prestre fort vieil, ils luy couperent les parties honteuses & les ayant faict roſtir les luy firent manger, puis luy ayant fendu le ventre, regardoient ſi nature digereroit cette viande, & ainſi le firent mourir.

Fueillet 49. ſur la figure.

Horribles cruautez commiſes par les Huguenots en France.

deſſous la figure.

Dieu qu'elle cruauté que de voir ces canailles,
Des preſtres demy morts deuider les entrailles
Alentour d'vn baſton, & leur faire aualer
Leurs membres inciſez, puis leur ouurir le ventre
Pour voir ce que deuient le morceau qui y entre:
A cet acte cruel peut on rien eſgaller?

Fueillet 50.

A François du Caſſe eſtant grand amy du Roy de Nauarre & ſon lieutenant à Bazas quelques vns de ſes ſoldats prindrent vne femme veufue la forcerēt & apres en auoir faict luy mirent de la poudre à canon dans ſes parties honteuſes, & y meirent le feu & luy firent eſclater le ventre, & mourut ainſi miſerablement.

B Montgomeri ayant pris à Nauarrin Saincte Colombe Gohas & pluſieurs autres ſeigneurs & gentilshommes, & leur ayant donné la foy de leur ſauuer la vie, apres les auoir neuf mois detenus leur donne à ſouper, les enuoye coucher, & la nuict les faict meurtrir dedans leurs litz par le commandement de la Royne de Nauarre mere du Roy de Nauarre qui eſt à preſent.

C A Montbriſon le Baron des Adrets ayant pris quelques Catholiques, les fit ieter du haut de la tour en bas & les fit receuoir sur la pointe des Halebardes des soldats: Et d'autant que quelques vns prirent les goutieres il leur fit couper les doits desquels ils les tenoient à fin qu'ils tumbassent. Aucuns creuerent parmy l'air deuant que d'estre tũbez en terre.

Fueillet 51. sur la figure.

Horribles cruautez commises en la France par les Huguenots.

soubs la figure.

Montgommeri meurtrit contre sa foy promise
Les seigneurs prisonniers Cheualiers de l'Eglise,
Autres sont iettez bas des tours de Montbrison,
Vn Soldat à Bazas vn Huguenot infame
Ayant contre son gré abusé d'vne femme,
Le ventre luy desromp de sa poudre à Canon.

Fueillet 52.

A Le Cheualier Bethune estoit si cruel qu'il portoit à son col vn colier d'Oreilles des prestres, & se glorifioit de ceux qu'il auoit meurtris.

B A plusieurs prestres il fit couper le nez & les oreilles & mesmes leur creuoit les yeux.

C Les Huguenots ont ouuert le ventre à vn prestre & y versant de l'auoyne en ont fait vn auge pour leurs Cheuaux, lesquels tiroient les intestins & les mangeoiẽt auec leur auoyne.

A A Nismes en Languedoc ils poignarderent grãd nombre de Catholiques & demy morts les ietterent en vn large puis & fort profond, lequel est en la ville, & par deux fois le remplirent.

DESCRIPTION.

Fueillet 53. sur la figure.

Horribles cruautez commises par les Huguenots en France.

Soubs la figure.

Le ventre des Chrestiens sert d'auge à leurs Cheuaux,
Les vns iettez aux puits se noyent dans les eaux,
Les autres tronçonnez gemissent leur fortune,
Voyez vous le maintien que tient ce Cheualier?
Des aureilles de prestre, il porte le Colier:
C'est celuy qu'on nommoit le Cheualier Bethune.

Fueillet 54.

Le Capitaine Sore fort renommé de son temps entre les plus insignes pirates & escumeurs de mer, se disoit Admiral de Nauarre: Trauersant donc à la coste d'Afrique vers l'isle de Madere & les Canaries, trouua vn Nauire chargé de Iesuistes qui s'en alloient au Perou annoncer l'Euangile, en laquelle il y auoit quarante peres de la societé de Iesus. Ce barbare affamé de sang aproche leur Nauire ou il n'y auoit aucune resistãce, l'agraphe & ioint, & le Coutelas au poing entrant dedans met tout au tranchant du cousteau, deschire le cœur aux vns, aux autres il donne des coups de poignard, les iette en l'eau, & les fait tous mourir. Le pere Ignace chef de la compagnie apres plusieurs playes receuës est ietté en mer ayãt pris entre ses bras l'image de la mere de Dieu, laquelle il ne fut possible de luy oster quelque violẽce que firent ces barbares. Ainsi rendit il l'esprit dans les eaux & ses freres ensemblement, s'estant perdues beaucoup de sainctes Reliques auec plusieurs beaux ornemens, & quant au Capitaine Sore il mourut enragé en Normandie tyrant la langue d'vn demy pied de long.

Fueillet 55 sur la figure.

Horrible cruauté des Huguenots commises en la France.

au dessous de la figure,

Sore auecques sa nef & ses troupes depites
Se saisit du vaisseau des peres Iesuites,
Les iette tous en mer pour les faire perir,
L'vn d'eux tient en ses bras l'image nostre dame,
Comme il l'aymoit viuant mourāt il la reclame,
Il requiert son secours puis qu'il luy faut mourir.

Fueillet 56.

L'an 1567. en la Chartreuse de bourfontaine, trois Chartreux & deux freres laiz furent tuez par les Heretiques qui venoient pour piller le monastere, de qui les noms s'ensuiuent.

Le pere dom Iean Motot procureur, qui fut tué d'vn coup de harquebuse.

Le pere dom Iean Megan, qui fut tué aussi d'vn coup de harquebuse.

Le pere dom Iean Apuril, passant deuant le maistre autel fut aussi tué d'vn coup de harquebuse, & demeura sur la place.

Frere Benoist Euesque frere lay du mesme conuent en disant les sept pseaumes fut tué le premier, frere Thibaut aussi frere lay fut pareillement tué.

Ces bons prestres & freres religieux, & plusieurs autres aussi ont finy leur vie par le martire, L'ayans enduré patiē-

ment:

ment,ſans parler de ceux qui par trahiſon ont eſté tuez, comme le feu Duc de Guiſe que Beze & l'admiral firent tuer par Poltrot. Ce peu de figures ſeruira pour monſtrer le fruict de la doctrine huguenotte, à fin que les Catholiques ſe gardent de ſe laiſſer commander par les Heretiques, & particulierement par le Roy de Nauarre qui les traictera de meſme & pirement encor en recompenſe de la ſainct Barthelemy.

Fueillet 57.

Particuliere deſcription des Cruautez, que les Gueux ont faites en Flandres, ſous l'Vſurpation de Guillaume de Nanſau Prince d'Orenge rebelle à Dieu & à l'Egliſe Catholique & à ſon Prince legitime & naturel.

A Frere Nicolas Picque gardien du conuent de ſainct François à Gorcome fut enuoyé, auec dix de ſes freres en la ville de Brielle, ſçauoir frere Hieroſme Wertens, frere VVillad Dane, frere Nicaiſe Hes, frere Theodore Emdem, frere Anthoine Hornaor, frere Anthoine VVertés,
B frere Godeffroy de Meruellen, frere François de Roo de bruxelles, frere Pierre d'Aſch, frere Corneille de VVic, & ayant rencontré vn gibet en chemin, l'vn de ceux qui les conduiſoit, print vne croix & vne baniere, & à coups de baſton, lon cõtraignit ces pauures freres de faire proceſſion allentour du gibet, crotez & hourdez comme ils eſtoient. A la fin ils furent pendus de nuict & autres auec eux, en quelque trauee de grange, eſtans au nombre de dixneuf ſçauoir maiſtre Leonard Vechel Curé, maiſtre Nicolas Popeline vicaire, maiſtre Godeffroy de Dumes,

autrefois ayant esté recteur de l'vniuersité de Paris, & lors Curé de Gorconne, frere Iehan Osteruuiepere du monastere des Religieuses du mesme lieu, maistre Adrian Heluerébetz, frere Iaques Lacop moyne de l'ordre de Premõstré, vn pere de l'ordre des Iacobins, Maistre André Gaultier Curé de Haynord.

En la ville de la Brielle cẽt quatre vingts & quatre personnes à diuerses fois ont souffert martire.

C Il prirent à Gorconne, le Crucifix de l'Eglise & le pendirent au Gibet.

A Goudan, ils prirent l'Hostie entre les mains d'vn prestre & auec des clous l'atacherent au Gibet.

Fueillet 59. deuant la figure.

Les cruautez que les Gueux ont commises en Flandre.

apres la figure.

A l'entour d'vn Gibet par ces gueux forcenez,
Sont en procession cruellement menez
A grands coups de baston dix neuf pauures freres,
La nuict ils sont pendus & d'autres auec eux,
Ains est pratiqué l'Euangile des Gueux,
Dans le pays de Flandre où ils font leurs repaires.

Fueillet 60.

A Au temps que le Prince d'Aurenge se saisit de Ruremonde, ses soldats entrerent en vne Chartreuse & crierẽt de plain saut belt, belt, pour monstrer qu'ils vouloient de l'argent, à l'entree ils tuerent trois freres laiz Albert VVinda, Iean Sittart, Estienne de Ruremõde, de là entrans dans l'Eglise trouuerent le Prieur Ioachin qui faisoit le seruice auec ses freres, l'ayans blessé ils le tirerent de là & tuerent auec quatre moines Iean de Leyden, & Seuere prestres, Henry VVellen & Federic diacres: tous les autres furent fort blessez.

Vincent Herqui moyne l'ay est par eux pris & traisné dans l'Eglise, où ayant prié à deux genoux qu'il pleust à Dieu qu'il accompagnast ses freres au martyre, l'vn des soldats luy donne vn grand coup en la teste, de sorte que le sang rejalit contre la paroy lequel se void encores. De là estant traisné au quarefour de la ville, le mesme soldat luy demanda s'il vouloit renoncer à sa religion & prendre la sienne. Mais il luy dit qu'il aimoit mieux mourir que d'abandonner sa foy, & lors ayans admiré sa constance luy donnerent plusieurs coups de balle dans le corps.

B Au mesme temps Paul de VValme chapelain de messire Guillaume de Lindan, Euesque de Ruremonde, qui s'estoit retiré dans ce monastere à fin de mourir auec ces bõs Religieux, y fut aussi tué.

C Il fut permis au Prieur du Monastere, de se retirer à Cologne apres s'estre rachepté de deux mille escus: toutesfois il mourut six sepmaines apres d'vn coup qu'il auoit receu.

En la mesme ville de Ruremonde, vingt six tant moynes que prestres furent tous martyrisez.

Fueillet 61. dessus la figure.

Horribles cruautez commises par les gueux en Flandres.

Au dessous de la figure.

Deuant les saincts autels les Chartreux sont tuez,

Trois freres laiz occis par terre sont ruez,
Leur sang large vndoiant tesmoigne leur martire,
Leur corps pressé de mal en terre souspiroit,
Mais l'esprit a du Ciel le bien qu'il desiroit,
Jl n'est que trop heureux qui a ce qu'il desire.

Fueillet 62.

A Les gueux ayans pris Audeuarde, ils se saisirent des prestres de ce lieu qui estoient en plus grande reputation soit pour la bonne vie, soit pour les lettres, & les amenerent à vn Chasteau. Entre autres vn homme fort venerable, & le plus aagé, nommé maistre Pierre, lequel apres plusieurs opprobres estant despoüillé de ses habitz les pieds & poinds liez, ils ietterent dans la riuiere, le ietant il prioit Dieu de grand courage que sa volonté fut faicte.

B En la mesme façon furent precipitez, venerable pesonne maistre Iean Obstat, Paul Coye, & plusieurs autres, du nombre desquels maistre Iaques Obrem, fort vieil & debile ne sachant nager estant neantmoins porté sur l'eau fut preserué diuinement, non guere loing du lieu d'où on l'auoit precipité.

C Frere Iean Mahus Cordelier qui peu auparauant auoit esté creé Euesque de Dauantre fut par eux tué & laissé dans les rües, apres qu'ils l'eurent cruellement blessé & foullé aux piedz.

D En la Flandre non loing de la ville d'Ipre les gueux prirent des prestres, lesquels ils enterrerent vifs sinon la teste qui leur seruoit de but pour ioüer à la boulle.

Fueillet 63. sur la figure.

Horribles inhumanitez des gueux de Flandres.

au dessous de la figure.

Dans le courant des eaux ces monſtres irritez,
Les pieds & poings liez les ont precipitez,
Du ſang d'vn Cordelier leur fureur ne ſe ſoulle,
Il eſt batu frappé pis qu'entre les Iuifs,
Les preſtres iuſques au col, ſont en terre enfoüis,
Pour leur ſeruir de but en ioüant à la boulle.

Fueillet 64.

Le prince d'Orenge eſtant venu à Delph en Flandres il ſe logea au conuent de ſaincte Agathe, le Pere Corneille Muſſi eſtoit confeſſeur des Religieuſes, homme docte & fort bon Poëte. Ce prince grand diſſimulateur, faiſoit ſemblant de l'aimer, mais ce cruel ne peut ſouffrir longuement la preſence de ce bon Pere. Il manda donc au ſieur de Lumay de le tuer, & pour y paruenir il donne puiſſance à ce pauure hõme de ſortir de la ville, toutefois & quantes que bon luy ſembleroit, eſtant ſorty, il eſt pris par les ſoldats affin de le tourmenter eſtrangement.

A Premierement il eſt mis pluſieurs fois à la queſtion, apres ils luy lient les deux mains à vne eſchelle, & aux pieds luy mettent des poids eſtrangement peſants, & ſoubs les aiſſelles des flambeaux ardents.

B Apres cela le lient le doz à terre & le ventre en hault & luy verſent grande quantité d'eau dans la bouche auec vn entonnoir, & auec des lattes luy donnent de grands coups ſur le ventre & battent ſi bien ſon eau qu'ils la contraignirent de reſſortir par la bouche & autres concauitez du corps

C Cela fait ils le pedẽt par les deux gros orteils des pieds auecques cordes neufues qui luy mãgẽt la peau & la chair & laiſſẽt les os nuds, de ſorte q̃ le corps debilité cheut a terre.

D A là fin luy ayant coupé les doits tant des pieds que des mains, on le traisne par les neges rouges de sō sang iusques à Leiden, où on le pend à vn gibet: il rendit son ame à Dieu le 10. de Decembre 1572.

E En la ville d'Alcmar entre autres tourmens qu'a endure F. Engelbert du Bourg, on luy decoupa tout le corps comme vn collet de maroquin.

F En la ville de Goudan le sieur de Lumay ayāt fait prendre deux moines sçauoir frere Iean Richestel, pere de la maison de l'aumosne, & frere Adriā procureur de la maison, les fait despouiller & courir nuds par des espines poursuyuis des gensdarmes qui auoient au poin les espees nuës, & apres auoir deschiré leurs corps & tiré du sang en abondance les fit mourir.

Fueillet 65. sur la figure.

Horribles cruautez des Gueux de Flandre.

sous la figure.

Barbare cruauté d'atacher à l'eschelle
Vn pauure Cordelier, luy mettre soubs l'aisselle
Des flambeaux allumez & des poids à ses pieds,
Grande quantité d'eau luy verser en la bouche,
Et sans que la pitié aucunement les touche,
Le pendre auecque ceux qu'on a iusticiez.

Fueillet 66.

A Maistre Iean Hierosme de la ville d'Edem fut pris des Gueux estant à Horne auec quelques autres Catholiques, on les mena en vn lieu qu'on nomme vulgairement Seagen en Holande. Là huict fois ils furent mis à la question, les vns y moururent, les autres qui demeurerent viuans estans attachez nuds sur vn banq, on leur mit vn bassin sur le ventre & des rats dessous & du feu sur le bassin, á fin que cette vermine sentant le feu leur gratast, rongeast, & creusast le ventre, & se cachast dans les boyaux, qui fut occasion qu'ils en moururent.

B Vne religieuse du Monastere de Harle nommé Visule, Tales apres qu'on eut pēdu son pere fort aagé & homme de grande autorité auec d'autres Catholiques, on la mena sous le Gibet où son Pere estoit pendu: on luy demanda si elle vouloit pas rompre son vœu, laisser sa foy & sa religion pour se marier à vn soldat là present, & d'autāt que elle le desnia tout à plat, elle fut iettee en leau & submergee.

C Sa seur estant mariee, se lamentant de la mort de son pere & de ses parens, estant perseuerante en sa foy, on luy brisa la teste d'vne grosse pierre, de sorte que sa ceruelle luy fut espanduë sur la face.

Fueillet 67. sur la figure.

Horribles cruautez des gueux de Flandres.

sous la figure.

De voir vn prestre nud apres dix mille coups
Vn baßin sur le ventre & des rats au dessous,
Estre rongé, miné, des dens de la vermine,
Qui sentant le feu chaud deuoroit ses boyaux,
Sont les ieux de plaisir, les spectacles nouueaux,
Où s'esgaye l'esprit qui les Gueux illumine.

Fueillet 68.

Les Gueux ont faict plusieurs autres actes de cruauté dedans le païs bas, en Holande, Zelande, Flandre,

Brabant, Gueldres, & toute la Frise, où ils estoient si acharnez au sang humain qu'au mois de Iuillet 1566. en vn sinode qu'ils firent à sainct Trudon il fut resolu qu'en vne mesme nuit en dixsept prouinces on tueroit toutes les personnes Ecclesiastiques, ce que Dieu toutesfois destourna par sa grace.

Fueillet 69.

Pourtraits des recherches & inquisitions d'Angleterre sur les Catholiques & des Cruautez faites par les Caluinistes, Machiauelistes en Angleterre, & Hybernie, du regne d'Elizabeth.

Fueillet 70.

A Les prestres estans pris chantans la Messe auec les Catholiques qui y assistent, on les meine en prison auec toutes iniures & opprobres que lon sçauroit excogiter.

B Les maisons des Catholiques, sont la nuit recherchees & pillees, & les maistres & maistresses conduits & menez és prisons.

C Les prestres qui sont pris chantans la messe, sont montez à Cheual, auec les ornements qu'ils auoient à l'autel & en plain midi, deux torches alumees deuant eux, sont menez par les quarefours & places publiques, pour estre exposez en risee.

D Les Catholiques enchaisnez deux à deux sont changez de prison, pour estre mis en lieux plus obscurs & plus horribles que les premiers.

Fueillet 71. sur la figure.

Les persecutions que les Caluinistes, font en Angleterre contre les Catholiques.

dessous la figure.

Les

DESCRIPTION.

Les prestres reuestus en prison sont menez,
Ils sont de place en place à Cheual promenez,
On foüille iour & nuict les pauures Catholiques,
Deux à deux enchesnez on leur change de lieu,
Ainsi sont les enfans & les mignons de Dieu,
Bourrelez par les mains des monstres heretiques.

Fueillet 72.

A En la tour de Londres, les Iesuistes, les prestres, & les Catholiques sont mis en cruelles tortures & questions: principalement les prestres à fin qu'ils nomment ceux qui ont assisté à leurs Messes.

B Ils percent les doits des prestres auec de fort longues & poignantes esguilles.

C Ils traisnent les prisonniers Catholiques aux presches contre leur volonté.

D Ils mettent les Catholiques en vn lieu qu'ils nomment Litercase. C'est à dire peu de repos: où les prisonniers ne peuuent estre ny assis ny debout ny couchez.

Entre les tourmens qu'ils font aux Catholiques qui ne sont exprimez à ce liure. Il y en a vn, qui est, qu'ils les menẽt en vne prison fort obscure & fascheuse nommée Brideuel laquelle n'est destinee que pour chastier les maraux coquins qui sont contraints chacun iour de tourner vne meulle à Moulin. Ils contraignent les Catholiques soient Gentilshommes ou autres de tourner la meulle auec cette canaille, & là non seullement ils leur font supporter les moqueries de ces coquins, mais les coups de baston que les seruiteurs du Geolier leur donnent en abondance, & neantmoins ils n'ont pour tout viure que du pain chansi & de l'eau.

Fueillet 73. dessus la figure.

Persecution des protestans Caluinistes contre les Catholiques d'Angleterre.

dessous la figure.

Voicy comme leurs corps à la gesne estanduz,
Par tourmens inhumains sans mouuoir sont renduz,
On leur perce les doits d'eguilles fort poignantes,
Contre leur volonté au preche ils sont conduits,
En ce piteux estat les Anglois sont reduits,
Qui n'ont souillé d'erreur leurs ames innocentes.

Fueillet 74.

A Vn ieune homme Catholique se retirant d'Angleterre pour seruir Dieu librement en païs estrange, fut prins en vn port de mer & emprisonné en la tour de Londres, lequel estant mort de faim & de froid, lors que lon voulut le despouiller, la chair quita les os & s'en alla auec les vestemens.

B Ils ont vn instrument de fer, auquel ils mettent les Catholiques pour quelques heures qui arrondit tous leurs membres comme vne boulle, & leur faict souffrir grand tourment.

C Henry de Persi comte de Nortumbellãd, hõme vrayement noble de race & de vertu, quelque temps apres que son frere Thomas de Persi eust esté decapité pour la foy Catholique, fut emprisonné, mais son innocence estant telleque on ne pouuoit trouuer cause ny couleur pour le faire mourir, on le fit mourir d'vn coup de pistolle, & fit on courir le bruict qu'il s'estoit soy mesme defaict, Mais la verité par apres decouurit leur mensonge.

DESCRIPTION.

D Par combien de moyens on enferre les Catholiques.

Fueillet 75. sur la figure.

Persecutions horribles des heretiques d'Angleterre contre les Catholiques.

au dessous de la figure.

Ainsi qu'on despouilloit vn Catholique mort,
Que la faim & le froid & le mortel effort
Des tourmens violens auoient priué de vie,
Auec ses vestemens la chair quitta les os,
O bien heureux martir ton ame est en repos,
Celle de tes bourreaux de fureur est saisie.

Fueillet 76.

En la ville de Borac le comte Sutington homme cruel, lieutenant de la Royne, recherchoit fort, & poursuiuoit les Ecclesiastiques & les Catholiques. Entre les autres il se trouua vne femme d'honneur nommée Marguerite Mildeton femme de Iean Clether, accusee d'auoir receu des prestres en sa maison, & les auoir aydez de ses moyens & reuestuz, & mesmes d'y auoir faict administrer les sacremẽts aux Catholiques, & pource qu'elle ne voulut iamais le confesser, elle fut cõdamnee à mort à la façon que vous est representee, & pour ce que le tourment estoit grand, & le supplice cruel, elle dit que en quelque sorte que ce fut le chemin estoit bon qui conduisoit au Ciel.

A On la fit donc despouiller n'ayant que sa chemise & luy lia on les pieds & les mains, puis on l'estendit à terre ayant vne grosse pierre, & fort agüe soubs son doz, & sur son corps on estendit vne table ayant dessus plusieurs poids qui tous pesoient mille liures, de sorte que ſon corps tendre & delicat fut tout briſé, eſtant en ces tourmens elle ſe monſtroit armee d'vne patience incroyable. Quant à ſon mary il fut banni & quant aux petis enfans ils furent pris pleurant leur mere, leſquels eſtans enquis de leur foy, reſpondirent ce que leur mere leur auoit Catoliquemét enſeigné. Adóc on leur fit donner le foüet fort cruellement. Mais quant à l'aiſné aagé de douze ans luy ſeul fut detenu priſonnier.

B Vn preſtre priſonnier, ayant les pieds en haut dans des ceps de bois, & la teſte en bas eſt ſuffoqué par la puanteur de ſes excrements.

C Il y a des caues ſoubs terre qui ſont fort profondes & pleines d'vn air puant & infect, où lon reſerre les Catholiques qui en meurent le plus ſouuent.

D Ainſi toutes les priſons d'Angleterre, ſont pleines de Catholiques.

Fueillet 77. ſur la figure.

Horribles perſecutions des Heretiques d'Angleterre contre les Catholiques.

ſous la figure.

Quelle pitié de voir ſous les preſſes giſante,
Et ſous les pois de fer vne femme viuante,
Pour auoir confeſſé la foy de ſes ayeux,
Ce tourment eſt bien dur, toutefois ce dit elle,
C'eſt peu que de ſouffrir vne mort ſi cruelle.
Puiſque c'eſt le chemin qui mene dans les cieux.

Fueillet 78.

A Les Oreilles des preſtres ſont percees auec vn fer chaud.

B Les Catholiques eſtans au cul d'vne charrette ſont foüetez par les villes.

DESCRIPTION.

C On propose au peuple les Catholiques sur vn eschaffaut, & leur attache on les aureilles auec des clous contre des aix, non pour autre subiet sinon qu'ils ont eu pitié des Catholiques en leurs tourmens.

D Vn Catholique en la ville d'Vbry fut cousu dãs vne peau d'Ours & fut baillé aux dogues à deuorer.

E Les Catholiques sont appellez deuant les Iuges auec les larrons & les meschants.

Fueillet 79 sur la figure.

Persecutions horribles des Heretiques, contre les Catholiques d'Angleterre.

souz la figure.

On perce d'vn fer chaud les aureilles des prestres,
Ceux qui pleignent leur mal accusez par des Traistres,
Sont foüetez, sont moquez, & mis sur l'eschaffaut,
Les autres sont donnez aux Dogues *pour viande*
Reuestus de peau d'Ours. O bien heureuse bande,
De souffrir tant de mal pour le nom du Treshaut.

Fueillet 80.

Dorus Heurle docteur en Droit canon & Ciuil, ayant demeuré quinze ans en l'vniuersité de Louuain, & quatre ans à Reims, où par congé de Monsieur le Cardinal de Guyse, Archeuesque dudit lieu il leust en droit Ciuil, s'en alla à Rome, là il fut crée par le Pape Gregoire tresiesme Euesque de Cassel en Hybernie, qui estoit son païs. Où ayant recueilly vn fort petit nombre de Chrestiens, faisoit tout deuoir de pasteur enuerseux. Or estãt accusé d'auoir donné à des enfans le sacrement de Confirmation, il fut pris & aprehendé. Et premierement on luy propose de fort belles conditions pourueu qu'il renonçast à sa foy, A mais luy qui ne se pouuoit flechir par ce moyen les prioit qu'ils conferassent doucement auec luy de leur foy, dequoy estans irritez, le metent à la question, & premierement ils luy chaussent des bottes huislees, & attaché selon que le voyez representé, le mettent deuant le feu, afin que les bottes retressies par le feu luy serrassent estrangement les pieds & que les venant à tirer on emportast les B peaux de la chair comme il fut fait, car la chair s'en alla & ne luy demeura que les os, mais n'estans esmeuz de sa cõstance en vn matin sur les trois ou quatre heures le pendent auec vn cordeau d'osier afin qu'il languit dauantage. Le bruit est cõmun & veritable qu'vne Damoiselle agitee du Diable en fut deliuree au mesme lieu où il auoit C souffert.

Patrice Oheli Cordelier Euesque de Maiorite fut pendu & estranglé auec vn autre Cordelier qui fut pris auec luy, & furent penduz si bas qu'ils touchoient quasi la terre, afin d'estre deuorez des bestes sauuages, toutefois nulle ne leur toucha: encores que ce païs soit plain de bestes cruelles & feroces.

Fueillet 81. sur la figure.

Les horribles persecutions des heretiques d'Angleterre contre les Catholiques.

au dessous de la figure.

Et toy heureux prelat du peuple d'Ibernie,
Apres mille tourmens tu y laissas la vie,
Car en te debotant on t'arracha la chair,
Et vous que lon pendit à vn doit pres de terre,

DESCRIPTION.

On voulut que la dent des Ours vous fit la guerre,
Mais onc leur cruauté ne voulut vous toucher.

Fueillet 82.

A La façon comme sur des clayes d'osier on traine les Catholiques au gibet, auec les importuns iargons des Ministres pour les retirer de la Religion Catholique.

B Lon interrompt les prieres & meditations que font les Catholiques qu'on mene executer, & leur faict on voir le supplice de leurs freres.

C Ceux que lon pend, & qui ne sont encores estranglez, on leur oste la charrete dont ils estoient montez au gibet, apres on couppe le cordeau affin qu'ils tombent à terre.

D De là on les traisne au feu, où estans aucunement reuenuz en vie on leur couppe leurs parties honteuses, on leur fend le ventre, on arrache leurs boyaux & sont iectez au feu, & quant à leurs corps ils sont mis en quatre quartiers.

E Les testes & les tronçons des membres coupez, sont ietez dans vn chauderon bouillant, & de là ils sont attachez aux portes de Londres.

Fueillet 83. sur la figure.

Horribles persecutions des heretiques contre les Catholiques d'Angleterre.

dessous la figure.

Voicy comme les vns sont conduits au supplice,
Les autres ont desia seruy de sacrifice,
Autres viuans encor sont coupez en morceaux,

L'impure Iesabel ces meurtriers authorise,
Mais tant que roulleront les eaux de la Tamise,
L'eglise maudira & elle & ses bourreaux.

Fueillet 84.

Marie Royne d'Escosse fille de Iaques cinquiesme Roy d'Escosse, vefue de François deuxiesme Roy de France, mere de Iaques sixiesme Roy d'Escosse, issuë du costé maternel de, l'illustrissime sang de Lorraine, ayāt esté chassee de son païs par les Heretiques, qui auoient rebellé l'Escosse contre leur Royne Catholique, fut priee par Elizabeth Royne d'Angleterre, laquelle en signe d'amitié & de foy luy enuoya vn Anneau d'vn Diamant fait en cœur. Cette pauure Princesse s'asseurant à la foy d'vne Royne, prēt port en Angleterre, où on la met prisonniere, & y est vingt ans entiers ou peu s'en faut, la changeant de lieu diuersement & souuent á fin de la molester d'auantage: & combien qu'elle ne fust subiette qu'a Dieu, auquel elle auoit à rendre compte de ses actions, ce neantmoins cette perfide heretique, ayant violé le droit diuin de nature & des gens, luy fait trencher la teste au Chasteau de Fodrinhaye 1587. le iour des Cendres non pour autre occasion sinon qu'elle estoit ferme & constante Catholique, & pour laisser son Royaume au Comte de l'Ecestre vn de ses rufians, faisant mourir les heritiers legitimes.

Feuillet 85. dessus la figure.

Persecutions des Caluinistes d'Angleterre contre les Catholiques.

& au dessous.

Pauure princesse helas qui peut sans souspirer,

Voyr

DESCRIPTION.

Voyr vn bourreau cruel ainsi te martirer,
Ta douceur ta bonté te font perdre la vie,
Tu t'estois trop fiee aux dons d'vne putain,
Mais ta mort nous apprend qu'il n'est rien si certain
Que la foy des meschans est pure perfidie.

Fueillet 86.

Les noms des martirs qui ont enduré sous Elizabeth, Royne d'Angleterre, & qui sont morts glorieusement pour la Foy Catholique.

L'an 1570. 71. 73. 77. 78. 81. 83. 84. 85. 86. 87.

PRESTRES.

Thomas VVodois,
Cuthbert Maine,
Iean Nelson
Euerard Hause,
P. Emond Campion,
Rodolphe Ceruin,
Alexandre Briant,
Thomas Fords,
Iean Sehert,
Robert Iouson,
Guillaume Phille,
Lucas kirbey,
Laurens Richardson,
Thomas Cottan,
Iean Pain,
Guillaume Laci,
Richard Rirtoman,
Iaques Tonison,
Guillaume Hart,
Richard Threlheld,
Iean Mondin,
Iean Nuttes,
Georges Hadoc,
Iaques Fen,
Thomas Hermesford,
Thomas Alfed,
Iaques Bellot,
Hugues Taller,
Edouard Strausam,
Nicolas Volfin,
François Euglebe.
Il y a plusieurs prestres, que lon a fait mourir desquels nous ne sçauons encores les noms.

LES LAIZ.

Thomas de Percey, Comte de Northumbelland, duquel le frere Henry de

Percy n'a pas long temps a esté tué en la prison.	Richard VVitus,
Ieã Store docteur en droict,	Iean Bode,
Iean Fretoũ Gentilhomme,	Iean Slaid,
Thomas Schernod,	Thomas VVeble,
Iaques la Brirne gẽtilhõme,	Guillaume Carter,
Iean Fnichuz,	Marguerite Miton,
	Marmudit Bõs Gẽtilhõme.

Plusieurs autres Catholiques tant prestres que laiz, sont morts, tant de faim que de froid, & puanteur par les hideuses prisons qui sont par toute l'Angleterre, pour le present, remplies des Catholiques.

La Serenissime Royne d'Escosse, chassee de son Royaume par les Heretiques, vingt ans tenuë prisonniere par eux, à la fin contre tous droits de Princes Chrestiens à par eux esté decapitée en prison.

Vous auez veu Messieurs, les tourmens inhumains, les Gesnes, les Supplices, & les Barbaries, exercees en France, en Angleterre, & en Flandre, sur les innocens Agneaux de IesusChrist qui sont les Catholiques. Il ne reste que de vous monstrer la fin Tragique des Tirans qui les ont tourmentez, telle que nous l'auons veuë de nostre temps, & par laquelle nous auons cogneu, les iugements terribles de la maiesté de Dieu enuers ceux qui ouuertement, ou couuertement ont persecuté son Eglise. Nous commencerons par l'Alemaigne, où ce venin est premieremẽt respandu. Car Iean Federic le lecteur de Saxe ayãt soubs son aisle retiré, eschaufé, & gardé ce meschant poullet de Luther, & apres le mespris de Dieu s'estant armé contre son prince, l'Empereur Charles cinquiesme, finablement son armee defaite, ayant au visage vne grande playe, fut mené captif à l'Empereur, & fut contraint de se desfaire du Duché de Saxe, duquel encores auiourd'huy sa posterité ne ioüit plus. En Angleterre, Henry huitiesme ayant remué Ciel & Terre, violé le droit diuin & humain, pour espouser vne orde & salle putain, mere de la Iouue impudique qui regne à present, se sentit frappé d'vn tel regret que trois fois il desira de se reconcilier au Pape, toutefois Dieu ne le permit, de sorte qu'estant de melancolie tumbé malade, & sentant en sa conscience les bourreaux qui l'agitoient iour & nuit, se desespera, & ayant beu vn grand verre de vin dit que tout estoit perdu, & mourut. Thomas Crouuel le premier autheur & moteur du diuorce du Roy Henry huictiesme auec la Royne Catherine, & qui le premier suada le Roy de se dire chef de l'Eglise d'Angleterre, auoit fait arrester vne loy en vn Parlement, que quiconque seroit accusé de trahison, sans estre ouy en ses faits iustificatifs seront mis à mort. Cette loy fut sur luy le premier executee, & ce par le commandement du Roy mesme, lequel il auoit si lõgtẽps trõpé & deceu cõme vn Conseiller Politique, qui plongea ce pauure Prince en vn deshonneur perpetuel. Apres le decez de Henry huitiesme, Edouard son fils luy ayant succedé à la Couronne d'Angleterre, Edouard Sæmer Duc de Soumerset luy fut donné pour gouuerneur & regent au Royaume. Ce Duc fut le premier qui chassa la Messe d'Angleterre pour y introduire le Caluinisme, & combien qu'il fut Oncle du Roy

& gouuerneur du Roy & du Royaume, si est-ce qu'estant accusé de meschants crimes comme les tirans de l'Eglise en sont plains, il fut decapité honteusement auec la perte de tous ses biens. En Escosse Iaques Comte de Morray bastard d'Escosse fut celuy qui supporta les heretiques contre la Royne pretendant de se faire Roy, par l'intelligence qu'il auoit auec la Royne d'Angleterre qui a entretenu tous les Roys Chrestiens en dissension. Et toutefois estant en la ville du petit Licht d'Escosse accompagné & entouré de plus de cinq cens Cheuaux, en plein midy, fut tué d'vn coup de Harquebuze sans sçauoir qui fut celuy qui l'auoit lasché. Iean du Glas Comte de Morton, s'estant de Prince Catholique fait vn Tiran & fauteur des Heretiques, vint à telle puissance qu'il gouuernoit le ieune Roy & le Royaume, Mais à la fin estant accusé de Trahison & d'auoir consenti à la mort du pere du ieune Roy d'Escosse, & mesme d'auoir voulu introduire au Royaume cette meschante femme, qui regne à present en Angleterre, fut condamné par tous les estats comme traistre d'auoir la teste trenchee auec ignominie perpetuelle. En Frãce vous auez veu le Prince de Condé comme il mourut pres de Coignac, l'Admiral l'ayant laissé engagé poltronnement auec toutes ses troupes: Le mesme Admiral qui estoit le chef des rebelles Heretiques, fut il pas pendu par les pieds à Montfaucon, apres auoir eu la teste couppee & les genitoires par le peuple, qui ne se pouuoit assouuir de le mettre en pieces, comme autheur de la diuision qui estoit en France entre les Princes, & du mal que souffroit ce paure & miserable Royaume? Mõtgommery qui auoit souillé ses mains au sang de tant des personnes, Dieu luy ayāt osté tout iugement & fait saillir l'espee & la force des mains, se rendit honteusement pour estre decapité à Paris & mis en quatre quartiers. En Flandre le Comte Ludouic frere du Prince d'Orenge le premier chef & conducteur des Gueux, apres vne bataille perduë, s'estant retiré en vne petite cabanne où le feu fut mis, fut incontinent bruslé & consommé en cendre par vne mort digne de ses demerites. En la mesme bataille moururēt ses freres Adolf & Henry aussi mauuaise semence que la premiere: Le Seigneur de Limay boucher des Catholiques, ayant fait mourir plusieurs centaines de prestres & de moynes, à la fin estant mors d'vn dogue d'Angleterre qu'il auoit nourri, surpris de rage & de fureur vosmit sa meschante ame & mourut estrangement: Le Prince d'Orenge Autheur des miseres de Flandre, apres auoir esleué son Cœur contre Dieu & contre son Prince, ne pouuant reuenir au point de la raison, fut finablemēt tué d'vn coup de Pistolle, qui luy trancha la vie. Et cest chose estrange que Balthasar Girard qui le tua, ne monstra iamais signe de douleur, combien qu'ils excogitassent pour le faire mourir lentement des tourmens les plus estranges dont on oüit iamais parler, & qui ne pouuoient partir que de l'Esprit de Sathan. Voyla lecteur qui te seruira pour la fin & le tragique succez qui menace ceux qui encores à present veulent destruire l'Eglise de Dieu, estant chose certaine que soit Roy soit Prince soit autre qui s'ataque à Dieu & à sa Religiō, prend le chemin de perdition, & la voye de faire naufrage de son estat & de sa reputation.

Vous donc Roys qui tenez les sceptres en vos mains,
Qui ployez sous vos loix, qui iugez les humains,
Craignez le Dieu viuant, aprenez discipline,
De peur que son courroux ne vienne à s'allumer:
Car de bref sa fureur doit perdre & consumer,
Tous ceux qui de l'Eglise aduancent la ruyne.

FIN.

ADVERTISSEMENT DE L'IMPRImeur au Lecteur.

AMY lecteur il y a quelque temps que ce theatre de la cruauté des Heretiques, ayant esté imprimé en latin auroit esté fort heureusement recueilli non seulement en Flandres mais aussi en Alemaigne & Italie, & en quelques parties de l'Espagne: cela dõna subiect à nos Flamans de le traduire en François pour le faire voyr à la Frãce, qui estoit l'vn des plus irreprochables tesmoins de ces cruautez. Toutefois cõme cette langue leur estoit estrangere, aussi faut il confesser qu'il y commirent d'estranges fautes. Car leur François en quelques endroits escorché du Latin & aux autres lieux mal cousu & piremẽt tissu, degousta ceux qui cognoissoient la naifueté & gentillesse de cette langue. Ioint qu'ils auoient fait grauer des vers au pied des planches, où si la Rithme estoit facheuse, c'estoit encores pis de la raison. Dequoy estant aduerti ie communiquay la traductiõ à vn François qui negotioit par deça & que lon reputoit homme assez bien entendu en cette langue. Lequel marri des fautes commises fit vn prologue à ce theatre que nous te presentons, ensemble les vers & les arguments de chacune figure. Et neantmoins il nous a fallu laisser le rauage de nos Flamans, à fin que voyant l'vn, tu iuges de l'autre. Ie te prie le prendre de bonne part, & d'aussi bon cœur que ie le presente au public: car ie ne suis meu d'autre pẽsee.

A DIEV.

www.ingramcontent.com/pod-product-compliance
Ingram Content Group UK Ltd.
Pitfield, Milton Keynes, MK11 3LW, UK
UKHW021105290826
14628UKWH00014B/767

9 782014 453508